20.

ABC Verlag Zürich

© 1975 ABC Verlag, Zürich
© für alle Abbildungen: Hans Falk
ISBN 3-85504-039-7

Dank

Herzlich danken möchte ich
dem Autor Fritz Billeter und Friedrich Dürrenmatt für
ihre textlichen Interpretationen
allen Sammlern für ihre Hilfe und Bemühungen, ihre
Werke zur Reproduktion zur Verfügung zu stellen
meiner Frau Yvonne für ihre wertvolle Mitarbeit

Notizen zu Hans Falk

Die Schwierigkeit, über Bilder zu schreiben, hat sich vergrössert, seit sie reproduzierbar sind: Es ist sinnlos geworden, ein Bild erzählen zu wollen, wenn auch das Sinnlose die Freude, es zu tun, nicht ausschliesst, im Gegenteil, oft steigert. Wer gerne schildert, erzählt sich zuliebe, damit ist sein Schildern subjektiv gerechtfertigt; die Schriftstellerei, falls sie über Bilder schreibt, braucht keine andere Rechtfertigung. Nur, schwieriger ist es doch geworden. Ein gutes Kunstbuch braucht wenig Text, technische Angaben, Daten über den Künstler, mehr nicht.

Gewiss, man kann über Stile schreiben, die Bilder als Illustration der persönlichen und der allgemeinen Entwicklung des Malers benutzen, als Ausdruck einer Epoche, einer besonderen geschichtlichen Situation oder des Klassenkampfes meinetwegen, was das Allgemeine angeht, oder einer Urangst, warum nicht, was das Persönliche betrifft; widersprechen lässt sich da nicht und auch nichts beweisen.

Oder man schreibt über den Maler.

Sicher, seine Bilder sind wichtiger als er, wenigstens würde er protestieren, behauptete einer, er sei wichtiger als seine Bilder, weil der Schöpfer wichtiger sei als seine Geschöpfe, eine ohnehin beleidigende Behauptung, sind wir doch alle Geschöpfe, beleidigend, weil auch sie wie viele Behauptungen nicht zu widerlegen ist. Um so mehr, weil jedes Kunstwerk, ob Gemälde oder Gedichte usw., unerbittlich auf den Menschen zurückweist, der es schuf, dessen Dokument es ist.

Vorerst. Denn ein Dokument einer Zeit, einer Epoche oder des Klassenkampfes usw. ist ein Kunstwerk im Gegensatz zum Kunstgewerbe erst in zweiter, ja dritter Linie. Es weist, so gesehen, als Ausdruck einer Zeit, einer Epoche usw. aufgefasst, mehr auf den Schöpfer der Kunsttheorie, auf den Kritiker also, als auf den Schöpfer des Kunstwerks hin, welches der Kritiker bespricht. Der Ästhet gibt ein ästhetisches, der Moralist ein moralisches, der Religiöse ein religiöses Urteil über das gleiche Kunstwerk ab.

So bleibe man denn getrost dem Subjektiven verhaftet. Vermag doch keine Beobachtung so subjektiv zu sein, dass nicht, und sei es unwillkürlich, irgend etwas Gültiges herauskommt, wenn auch dieses nicht etwas Objektives selbst ist, sondern wie jede Deutung bloss ein Hinweis darauf.

Doch darf man seine Zweifel auch dann nicht übertreiben, wenn sie berechtigt scheinen; dass Hans Falk in Urdorf wohne, wird vom schweizerischen Telefonbuch bestätigt. Es muss darum etwas Wahres daran sein und auch daran, wenn man von Urdorf unwillkürlich auf Urschweiz schliesst.

Die Unmöglichkeit, Urdorf ausserhalb des Telefonbuchs in der Landschaft zu finden, hat zwei Gründe: Wie auch ein Urbild etwa, gibt es ein Urdorf und gibt es ein Urdorf wieder nicht; ferner gibt es die Landschaft nicht, wo Urdorf zu finden wäre, deshalb nämlich, weil es diese Landschaft nicht mehr gibt. Urdorf liegt bei Zürich. Oder *in* Zürich genauer, denn wo Zürich anfängt oder aufhört, kann heute niemand mehr genau sagen. Die Agglomeration ist allmählich entstanden, wahrscheinlich gegen das Ende der Hochkonjunktur beschleunigt, explosionsartig schliesslich, ein planloses Durcheinander von Fabriken, Werkstätten, Einkaufskathedralen, Schulen, Garagen, Privathäusern, öffentlichen und sonstigen Häusern usw. (nur Freudenhäuser fehlen, überhaupt die Freude), eine Betonwüste, irgendwann sich an den Steinwüsten der Alpen brechend, auch diese bald verschluckend, von Autobahnen angestochen, die irgendwo in ihr steckenbleiben, ein Betonmeer, von dem Sagen melden, es beherberge in seinem Innern einen See, Universitäten, ein Opern- und Schauspielhaus und vielleicht noch andere Merkmale eines mässigen kulturellen Betriebs, zugedeckt alles, nur noch durch flüssigen Beton schimmernd. Möglich, was den See betrifft, doch nicht mehr zu überprüfen.

Nun haben die Wege, die man einschlagen muss, oder besser, die man einschlagen sollte, Hans Falk aufzufinden, scheinbar nichts mit ihm zu tun, in Wahrheit aber zeigen sie die Situation auf, worin er sich befindet, darüber hinaus nicht nur er, sondern auch der Schweizer, hausend in einer verstädterten Landschaft, die keine Landschaft mehr ist, sondern verbautes Land. Wenn ich die Wege überdenke, die ich fuhr und gefahren wurde, um zum Atelier des Malers zu gelangen, sei es auf der Autobahn von Bern her, sei es von Zürich aus, durch immer gleiche Vorstadtstrassen, immer wieder abbiegend, um sich dann plötzlich auf einem in diesem Labyrinth unwirklichen und ungeteerten Landweg dem Atelier zu nähern, als wäre man wirklich in einem Urdorf: versuche ich diesen Weg nachzuspüren, wird mir deutlich, dass dieses seltsame Wohnen im Irgendwo etwas mit seinen Bildern zu tun hat, die mir, was seine figürlichen Londoner Bilder betrifft, seltsam «lautlos» vorkommen. Es ist, als würden Vorgänge von einem Ort aus beobachtet, der durch dicke Glasscheiben von der Aussenwelt getrennt ist.

Dass ein Bild lautlos sei, scheint nun freilich eine banale Feststellung zu sein, ebenso nichtssagend wie jene, die Malerei könne den Raum und die Bewegung nur andeuten, sie sei in Wirklichkeit raum- und bewegungslos. Doch wie so oft übersieht man Binsenwahrheiten. Denn in allen diesen Feststellungen, die uns so banal vorkommen, drückt sich die Tatsache aus, dass ein Bild an sich etwas Abstraktes ist, aber auch, dass die Unterscheidungen, die wir vornehmen, etwa jene zwischen figürlicher, konkreter und abstrakter Malerei, sinnlos sind. Auf Falk bezogen: Die Auffassung, er sei ein Maler, der nun bald abstrakt, bald figürlich male, ist eine literarische Klassifizierung. Genauer wäre zu sagen, dass er gezwungen sei, sich in verschiedenen malerischen Methoden auszudrücken, weil offenbar nicht so sehr der Maler, sondern das Objekt seiner Malerei die malerische Methode bestimmt, die er anwenden muss. Was bei diesem Maler auffällt, ist das Fehlen einer Manier.

Auf die Lautlosigkeit zurückzukommen: Ihr Eindruck entsteht durch eine bestimmte Technik. Acryl auf Leinwand. Sicher, das Material, womit einer malt, macht viel aus. Die Frage ist, warum ein bestimmtes Material gewählt wird. Dank des Acryls entsteht auch auf grossformatigen Bildern der Eindruck der Temperamalerei. Sie wirken wie skizziert, als sei nur ein Minimum von Farbe verwendet worden. Sie erwecken den Eindruck einer virtuosen Leichtigkeit der Malerei, als sei sie in wenigen Minuten entstanden, besonders weil die Spuren der dem unteren Bildrand sorglos entgegenfliessenden Farbe oft stehengelassen sind. Dieser Eindruck täuscht. Ein Bild braucht nicht technisch vollendet auszusehen oder die Spuren einer endlosen Umarbeitung zu tragen, der Prozess des Entstehens versteckt sich in der Regel hinter dem Resultat.

Bestimmt hier das Objekt die malerische Methode, lassen wir diesen Satz gelten, so ist denn weiter nach dem Objekt zu fragen, das dieses scheinbare Skizzieren verlangt. Nun gibt es, sind gewisse Fragen hinsichtlich der Malerei zu beantworten, ein einfaches Vorgehen: Indem wir die Frage vom Malerischen ins Fotografische transponieren, fällt uns die Antwort leichter. Wir müssten, um eine ähnliche Wirkung wie in Falks Londoner Bildern in der Fotografie zu erzielen, zum Blitzlicht greifen: eine ähnliche, bei weitem nicht dieselbe Wirkung. Dank dieser fotografischen Technik gelingt es, noch den hunderttausendstel Teil einer Sekunde festzuhalten, den Moment zum Beispiel, wie ein Revolvergeschoss einen Apfel durchschlägt. Sezierte Zeit also. Diese Möglichkeit steht im Gegensatz etwa zu jener, weit entfernte Objekte noch einzufangen, Galaxien, Milliarden von Lichtjahren in den Raum hinausgeschleudert; um diese Gebilde aufzunehmen, muss die fotografische Platte über hundert Stunden belichtet werden. Wird hier ein Zustand sichtbar, bei dem die menschliche Zeit angesichts der ungeheuerlichen Zeit- und Raumdimensionen keine Rolle spielt, wird beim Blitzlicht ein Sekundenbruchteil wiedergegeben, der beim menschlichen Erleben, beim menschlichen Zeitempfinden noch keine und wenn, nur eine unbewusste Rolle spielen kann. Wenn nun besonders in Falks Londoner Bildern der Eindruck des Blitzlichthaften entsteht, so darum, weil Falk bewusst nicht schildern will. So ist etwa Rubens Raub der Töchter des Leukippos eine Schilderung, obgleich sie eigentlich vom Raub, von der Handlung, die sie schildert, nur einen Sekundenbruchteil wiedergibt, die Genauigkeit jedoch, mit der jedes Detail ausgeführt wird, wozu die plastische Malweise kommt sowie die kunstvolle Komposition, hebt den Sekundenbruchteil gleichsam wieder auf, macht ihn endlos, zur Schilderung eben. Falk dagegen deutet mehr an; was die Bilder darstellen sollen, wird dadurch mehrdeutig, ein Bild etwa wie «Hypnotic Mirror» könnte eine Orgie oder eine Mordszene wie jene sein, der Sharon Tate und ihre Freunde zum Opfer fielen usw. Seine Bilder sind wie blitzschnelle Träume, die verschiedene Erlebnisaugenblicke in einen Sekundenbruchteil zusammenziehen.

Falk als Erzähler: Bei unseren Zusammenkünften in Urdorf ist er mir immer wieder als Erzähler aufgefallen, nicht als einer, der Anekdoten erzählt, sondern Eindrücke, ruhig, meisterhaft, wie er mit Yvonne durch Harlem geht, sorglos bummelnd, ohne Furcht, plötzlich steht Harlem vor mir, wie ich zuhöre, spüre die stehende, unbewegliche Hitze der Riesenstadt, dann, unvermittelt, sein Einzug in die Bowery, in das Atelier eines verreisten Malers, sein erster Blick aus dem Fenster in ein gegenüberliegendes Fenster, in ein fremdes Zimmer jenseits der Strasse, eine nackte masturbierende Frau auf einem Bett, Männer, die um sie herumstehen, die Hände in den Hosentaschen, unbeteiligt, einige rauchend, andere Kaugummi kauend. Falk erzählt, als lege er beim Erzählen eine Erinnerungsschicht bloss, unter der, ist sie abgetragen, eine neue erscheint. Beim Malen, kommt es mir vor, sind diese Schichten transparent, die oberste stellt das Bild dar, doch scheinen die darunterliegenden durch. Falks Mehrdeutigkeit ergibt sich aus der Summe seiner Erlebnisse, er schildert nicht sukzessiv, sondern gleichzeitig. In seinen Bildern wachsen Eindrücke, sich überlagernd, zusammen zu Synthesen, die darum, weil sie Synthesen von Eindrücken sind, mehrdeutig werden. Zugegeben, diesen Begriff liebt die heutige Zeit nicht, sie will das Eindeutige, in der Politik als Ideologie, in der Wissenschaft als Formel. Ob es etwas Eindeutiges an sich aber überhaupt geben kann, ist eine andere Frage. Wir entscheiden uns etwa, nur so oder so zu sehen oder von einem Phänomen nur das oder das auszusagen; zum Beispiel, mit welcher Beschleunigung ein Körper dem Erdmittelpunkt entgegenfällt, wobei die entsprechende Formel nichts über das Wesen der Gravitation aussagt, sondern nur etwas über ihre Auswirkung, hinsichtlich des Wesens bleibt sie mehrdeutig. Diese Überlegung braucht jedoch die Physik nicht zu kümmern, sie will von der Natur nur aussagen, was sich aussagen lässt, sie analysiert sie auf ihre Gesetze hin. Eine der erstaunlichsten Fähigkeiten der Malerei besteht jedoch gerade darin, nicht analysieren zu müssen, sondern die Mehrdeutigkeit der Ereignisse oder der Dinge darstellen zu können. Gewiss gibt es Ansätze zu einer analytischen Malerei, der Kubismus etwa, aber genaugenommen ist seine Analytik nur ein Stilisierungsprinzip von der Form her: Die Malerei muss schon darum nicht analysieren, weil sie es nicht kann, selbst wenn sie es wollte, ihr fehlt nicht nur dazu der Begriff, ihr fehlen die Begriffe überhaupt, deshalb sind denn alle Forderungen, welche eine bestimmte Kunstauffassung oder eine bestimmte Ideologie, wenn nicht gar Politik an sie stellen, doppelter Unsinn: Diese Forderungen stammen aus der Welt der Begriffe und vermögen ihre Freiheit nicht anzutasten, eine Freiheit, die der bildenden Kunst (und der Musik) aus ihrer Begriffslosigkeit heraus entsteht.

Liegt Mehrdeutigkeit in jedem Bild, auch in einem Anker etwa, gehört es zum Wesen der Bilder, mehrdeutig zu sein, so besteht Falks Kunst darin, die immanente Mehrdeutigkeit sichtbar zu machen. Er ist nicht nur auf mehrere Weise deutbar, was sich von jedem Maler sagen lässt, er malt auch mehrdeutig. Das hängt mit dem zusammen, was er malt, dem Elementaren nämlich. Das scheint vorerst ein Widerspruch zu sein, insofern uns das Elementare, nehmen wir es einfach hin, als etwas Eindeutiges erscheint. Genauer: Indem er das Elementare malt, setzt er sich mit dem Elementaren auseinander. Falk ist nie ein Maler von Bildern, Malerei ist bei ihm nie Abbilderei oder die Kunst, schöne Bilder zu malen, sondern die Bilder sind die Flächen seiner Auseinandersetzung mit dem Elementaren.

Das Elementare ist zugleich ein Inneres und ein Äusseres. Falk bei uns zu Besuch, er ist mit Yvonne gekommen, hat zwei Bilder gebracht, die ich, stolz, der Besitzer zu sein, plaziere, ein Bild voll absurder Grausamkeit das eine, fast nur ahnbar, das andere von einer ungestümen Erotik. Falk steht vor einem seiner alten Bilder, er hat es schon eine Zeitlang nicht gesehen; «dieses Rot ist ganz anders», sagt er zu Yvonne, als wäre er nur gekommen, dieses Rot wiederzusehen, «Reproduktionen taugen nichts». Dann steht er vor Bildern Varlins, dessen Malerei einen anderen Weg eingeschlagen hat, der die Menschen und Dinge auf ihre Einmaligkeit hin malt. Falk betrachtet die Bilder intensiv, er beobachtet sie. Das Kreative ist für ihn etwas Kostbares, auch das ihm Entgegengesetzte. Er ist frei von jedem Neid, auch kritisiert er nicht, er nimmt das Gelungene wahr, entdeckt in Varlin Aspekte, die mir nie aufgegangen sind, Details, die ich nie gesehen habe und die ich erst jetzt bemerke. Draussen eine schwüle Hitze, tropisch, wie es nur in den Nichttropen sein kann. Ich schenke Weissen ein, er geht, das Glas in der Hand, herum. Dann im Bistro beim Mittagessen, während draussen ein Gewitter losbricht mit Donnerschlägen und Regengüssen, kommt Falk auf die Insel Stromboli zu sprechen. Schilderung des Lebens auf dieser Insel ohne Wasser, Schilderung der Bewohner, der Fremden, die wie überall überhandnehmen, die Erinnerungen in Falk werden immer mächtiger, bemächtigen sich seiner, ein Aufstieg zum Krater während eines Ausbruchs, die Lava, die zäh herabfliessende Masse aus dem Erdinneren; darauf die Beschreibung des schwarzen Strandes, die Farben, die der Sand annimmt je nach Sonnenstand: Farben von Schwarz. Das alles nicht impressionistisch geschildert, sondern wie ein Wissenschaftler, besessen von seinem Objekt. Während Falk erzählt, tauchen in mir Erinnerungen an mein Stromboli auf, Erinnerungen an meine Jugendzeit: Ich finde mich, Falk zuhörend, im Dorf wieder, wo ich aufwuchs, zwölfjährig, an einem Sommerabend, Sonntag, hoch in der Linde neben dem Haus in einer Kiste sitzend, in einem zusammengezimmerten Nest, das ich mir erbaut hatte, und Jules Verne lesend: «Die Reise nach dem Mittelpunkt der Erde», diesen phantastischen Bericht einer Expedition ins Erdinnere vom Sneffels aus, einem isländischen Vulkan. Ich lese bedrückt, die Schulaufgaben sind nicht gemacht, morgen werde ich vor dem verhassten Französischlehrer stehen, schuldig, die Katastrophe ist nicht abzuwenden, es sei denn, die Aufgaben würden doch gemacht, und dass ich sie nicht machen würde, weiss ich schon: Trotzdem bin ich glücklich, hingerissen von der Schilderung eines endlosen Hinabsteigens durch Gänge und Schlünde in riesenhafte Höhlen hinein und zu unterirdischen Meeren, das aber auch ein Wiederfinden von Urtierlichem, Urmenschlichem ist. Ein Dinosaurier taucht aus den Fluten, Ichthyosaurier, hundert Meter lange Wale treiben dahin, am Ufer weiden riesenhafte Vormenschen wie Mammutherden, es ist als stiege man ins Unterbewusste hinab; die Katastrophe endlich und das unfreiwillige Auftauchen der drei Forscher aus dem Erdinneren in Stromboli. Indem diese Erinnerung auftaucht, als Gefühl, als Hintergrund zu Falks Erzählen, wird mir aber auch die Nacht wieder gegenwärtig, in der mir in Urdorf Falk einige seiner Stromboli-Bilder zeigte, draussen trotz der Morgendämmerung die Bäume immer noch beleuchtet, immer noch die Illusion, man sei wirklich in einem Urdorf. Er hatte mir seine Londoner Bilder vorgeführt, eine Riesenleistung, die ihn die Nacht über in Anspruch genommen hatte, auch für Yvonne, galt es doch die grossformatigen Bilder immer wieder umzuschichten, dann kam er über seinen Weg zum «figürlichen Malen» zu sprechen, suchte zusammen, was ihm aus der Strombolizeit noch geblieben war: «abstrakte Bilder», aber ich sah die Lava, den schwarzen Sand, die ungeheure Einsamkeit, das Erdinnere, das sich herabwälzt, erstarrt, Form annimmt, und dann waren es wieder Bilder wie an Kerkerwände gemalt, geklebt, hineingeritzt, letzte Möglichkeiten des Malens. Das Innere und das Äussere waren in diesen Bildern zusammengefallen, eins geworden, das Nichtmenschliche des Erdinneren, die Einsamkeit des Einzelnen.

Das Erotische. Nirgends wird das Wesen des Elementaren, dass es gleichzeitig ein Inneres und ein Äusseres ist, so deutlich wie im Erotischen. Nicht umsonst hat sich im Begrifflichen um das Erotische herum viel Vages angesammelt, obszön, lasziv, pervers usw., auch das Gesetz ist unsicher, ratlos darüber, was denn eigentlich Pornographie sei und ob es sie überhaupt gebe. Doch wie das Unbestimmte dem Erotischen im Begrifflichen angesiedelt ist, so auch das Überbestimmte, das Groteske. Der Geschlechtsakt ist daher ein Doppeltes. Von innen ganz Lust, ein bis aufs letzte gespürtes Leben, von aussen anatomische Groteske. Aber auch die Geburt: Von innen, von der Frau her, nur Schmerz, vom Kind her (wahrscheinlich) nur Angst, von aussen her surrealistisch, das Herauszwängen eines Kopfes zwischen zwei Schenkeln, dann das Herausgleiten eines Menschen aus einem Menschen. Nur dem Tod kommt das Groteske nicht mehr zu — es sei denn als äusserer Umstand. Durch den Tod tritt der Mensch aus der Dialektik zwischen dem Inneren und Äusseren, er wird nur noch ein Äusseres, eine Leiche; ob er noch etwas Inneres ist, bleibt gänzlich ausserhalb unserer Erfahrung, ist Spekulation. Auf das Erotische zurückbezogen: Innerhalb dieses Bereichs erlebt der Mensch als Inneres alles, was das Leben betrifft — Lust, Schmerz, Angst, Gefühl einer unbändigen Freiheit, einer unendlichen Hörigkeit. Er fühlt sich im Partner, sein Ich im anderen, in allen anderen, insofern der Partner plötzlich sich ausweitet, aus einer Frau z.B. zu allen Frauen wird, nur zur Frau (was das gleiche ist), dann wird wieder die Vereinzelung erlebt, das Hineinstürzen aufs eigene Ich. Von aussen: ein ebenso weit ausgebreitetes Lebensspektrum, ein Sichbegegnen, Umschlingen, Durchdringen von Leibern, ähnlich wie in der äussersten Wut, im Nahkampf, Mensch gegen Mensch, Tier gegen Tier, dann ein Auseinanderfallen, ein Einzelwerden. Insofern unterscheidet sich Falk in seiner Malweise von einem Corinth etwa, eine Frau, nackt, auf zerwühltem Bett liegend: Ein Stadium des Erotischen wird hier gezeigt. Falk dagegen malt Vorgänge, unentwirrbare Szenen, so und so deutbar, mehrdeutig eben, weil jedes Eindeutige ein Festlegen, Verhaften ist: Falk erweckt beim Betrachter Assoziationen; die Dialektik zwischen dem Inneren und dem Äusseren erstarrt nicht zum Bild, sie erweckt Bilder.

Zeit. Weil die Malerei nicht imstande ist, die Zeit ohne Täuschung darzustellen, ist man geneigt, den Hang zum Zeitlosen, den wir bei vielen, ja den meisten Malern finden, damit zu begründen. Das Zeitlose lag zuerst in der Religion, dann im Menschen; Könige wurden so gemalt, dass sie wie Könige aussahen; in der Natur, in den Abstraktionen endlich: Im Reich der reinen Formen ist das Zeitlose unendlich variabel. Vorsichtig können wir das Zeitlose als das Ästhetische bestimmen, viele unserer denkerischen Annahmen, mit denen wir operieren, sind ästhetisch begründet, ohne dass wir es wissen. Die ästhetische Malerei hat zugenommen, sie ist so zeitlos geworden, dass sich bei den meisten Malern aus ihren Bildern die Zeit, in der sie lebten, überhaupt nicht rekonstruieren liesse, auch wenn wir hier den Begriff Zeit doppelsinnig benutzen. So bewundernswert diese ästhetische Malerei nun sein mag, so machtvoll sich in ihr zwar nicht die Zeit, aber der Geist dieser Zeit dokumentiert, man ging dazu über, die Zeit selbst einzufangen. In diesem Trend finden wir in der Plastik etwa Tinguely, sinnlose Maschinen konstruierend als Protest gegen eine sinnlose Maschinenwelt, sie übertrumpfend, oder Luginbühl, der aus Maschinen Ungeheuer zusammenbaut und so ein Ungeheuer mit einem anderen konfrontiert, Varlin, der nicht mehr malt, sondern «porträtiert», nicht von der Zeit weg, sondern auf die Zeit hin, Montreux etwa nicht als Stadt am See malt, Bergen gegenüber, sondern als eine den See und Berg verschandelnde Stadt. Berg und See sind bei der Stadt, nicht umgekehrt. Die Nähe des Grotesken ist überall spürbar, aber auch die Nähe der Karikatur, die nur jenen zweitrangig vorkommt, die sich nach dem rein Malerischen, Zeitlosen also, richten. Dieser Aufstand in der Kunst, diese Bewegung vom Zeitlosen auf die Zeit zu ist auch bei Falk festzustellen. Dass diese Kunst das Zeitlose nicht aufhebt, sondern wiederfindet, indem sie es aufgibt, macht ihre Dialektik aus. Die Kunst ist nicht so sehr durch ihre Resultate, durch die Motive, die sie sich nimmt, und durch ihre Stile, mit denen sie ihre Motive bewältigt, sondern durch das dialektische Verhältnis bestimmt, welches zwischen dem Maler und seinem Motiv herrscht.

Blätternd in Falks «Tagebüchern»: Falk geht vom Beobachteten aus, in seinen Zeichnungen wird der Weg deutlich, der zu seiner Malerei führt, Zeichnungen nicht als Skizzen, sondern als Vorstufen zu Bildern, doch schon an sich als Zeichnungen bedeutend. Einmal erzählte er mir, wie er Arbeiter, Putzfrauen, Arbeitslose usw. in sein Atelier holte; nun zeichnet er, was ihm das Fernsehen in sein Atelier in New York hereinholt, Watergate zum Beispiel, um so verblüffender, weil ich in einem New-Yorker Spital Watergate ebenfalls im Fernsehen beobachtete, offenbar ohne es zu ahnen in Falks Nähe, lumpige zwanzig Kilometer, die Tür zu meinem Zimmer immer weit offen, man fühlt sich in einer Halle, ein Stimmengewirr, einmal eine fieberhafte Aufregung im Korridor, hastende Schritte, einmal ein einsames Wimmern, den Lärm leise durchdringend, an Lesen ist nicht zu denken, der einzige Punkt, auf den man sich konzentriert, das Fernsehen, vermittels dessen Watergate. Dean, Haldeman, Ehrlichman, die Senatoren, die gleichen Gesichter durch das gleiche Medium gesehen, die ich nun in Falks Skizzenbüchern wiederfinde. In den Tagebüchern Zeitungsausschnitte, plötzlich Gedankensentenzen, scheinbar unvermittelt, Bildbeschreibungen, Überlegungen zu Bildern, Farbe tritt hinzu, ein ständiges Auseinandersetzen mit dem Gesetzten, mit dem Nächsten, mit der Umgebung, in einer Zeit, in der alles, schlagartig, zum Nächsten werden kann, zu dem, was uns unmittelbar bedroht.

Das Elementare als Konfrontation mit der Zeit: Die hier verwendeten Begriffe des Elementaren und des Zeitlosen (als dessen Gegensatz aufgefasst) sind philosophisch nicht besonders fundiert, ich weiss; sie sind mehr assoziativ beim Denken über Falk als Hilfsbegriffe herbeigeholt worden. Auf das Elementare kam ich wohl über Urdorf, von ihm über die Urinsel Stromboli zu den Urstädten London und New York. Es fiel mir auf, wie sehr Falk die Orte sucht, wo das Elementare sichtbar wird, die Urorte, um in der Assoziation zu bleiben, aber auch wie sehr sich diese Urorte überdecken, das eine durch das andere bricht; in der sauberen, kleinformatigen, seltsam unproletarischen, in einem langen Arbeitsfrieden herausgebackenen klein- und mittelunternehmerischen schweizerischen Industrielandschaft das versunkene Dorf, als Dorf nur noch zu erraten, sich selbst karikierend, das Dorf eigentlich als verlorene Welt, als Name, der fiktiv wird, noch ist es nicht Stadt, noch nicht einmal ganz Vorstadt oder doch schon, noch sauber, noch ist der Schmutz unsichtbar in den Abgasen über ihm, noch sind keine Akzente da. Wer an Vorstadt denkt, denkt auch an Vorhölle, und so ist denn auch Urdorf für Falk nicht der Arbeitsplatz, sondern der Ausgangspunkt zu Höllenfahrten, zu Abstiegen ins Hölleninnere wie bei Jules Verne der Sneffels ins Erdinnere, London, New York endlich: wo die Strassen zu dampfen scheinen, Erinnerungen an Stromboli wecken, der Vulkaninsel, und wenn im Morgengrauen Dunstschichten zwischen den Wolkenkratzern lagern, stellt sich Manhattan als Urlandschaft dar. Schauplätze alles, die einen anderen wieder ins Zeitlose verlocken würden. Falk konfrontierte sich, in ihnen hausend, mit der Zeit, auch wenn er sich wie auf Stromboli nur mit sich selbst konfrontierte, konfrontieren musste, die Insel, die Abgeschlossenheit zwang ihn dazu, die stete Nähe des Vulkans, die permanente Gegenwart der möglichen Katastrophe, die er in den Weltstädten wiederfand, noch bedrohlicher, die Gier, der Taumel, der Rausch, die Öde, der Dreck, der Schweiss, der Abfall, das Verbrechen; eine Brandung von Leibern und Sachen, von Abfall und Verfall bricht sich an den Betonkästen, reisst die Malerei Falks den Bildern zu, verhaftet ihn. Dem allem gegenüber, dem Menschen und seinen Spuren, ist kein Entweichen in sich selbst zurück möglich. Diese Welt gilt es auszuhalten, ihr mit Bildern standzuhalten. Damit, mit dieser Zeit, die sich zersetzt, indem sie heranbricht, mit dieser Anarchie, die stärker ist als unsere pedantischen gesellschaftlichen Leitbilder und unsere geglaubten und herbeigesehnten Utopien sind, müssen heute alle leben, wir, gleichgültig, ob einer sich aus der Zeit zu stehlen sucht oder sich ihr stellt! Sie holt ihn ja doch ein, jeden, uns alle. Urdorf, Stromboli, London, New York sind überall: Eine missratene schweizerische Urdorf-Idylle lässt alles durchschimmern, lautlos, Schemen, die sich hinter dicken Scheiben bewegen, die leer werden, nur noch Tapetenmuster erkennen lassen, schweigende Überreste.

Friedrich Dürrenmatt

Der Künstler

*1963 begann ich die Ruinen, die ich 1960 erwarb, aufzubauen.
Hier entstanden 1952 grosse Sequenzen des Filmes «Stromboli»
von Roberto Rosselini. Entscheidende Teile der
Architektur-Skulptur formte ich selbst.*

Atelier ab 1967, in dem ich oft nachts mit Gaslicht arbeitete.

Herkunft und Elternhaus

Hans Falk kam am 18. August 1918 in Zürich zur Welt, verbrachte aber die ersten Jugendjahre in Luzern.
Die Falks stammen aus Zollikon-Zürich. Frühe Vorfahren waren Grossbauern und Geschworene. Einige von ihnen hingen der Bewegung der Wiedertäufer an und wurden von Zwingli als Ketzer ersäuft.
Hans und seine beiden Brüder Turi (Arthur) und Jules (der letztere ist der jüngste und 1968 gestorben) wuchsen jedoch in einem kleinbürgerlichen Milieu auf. Auch von seiten der Mutter, einer geborenen Anna Staub (ihr Geschlecht stammt aus Menzingen-Neuheim ZG), sind wenig auffällige, hauptsächlich handwerkliche oder bäuerliche Berufe zu vermelden. Ihr Vater, der elf Kinder zu ernähren hatte, betrieb eine Schreinerei «Zum Stanz» in Oberwil ZG. Immerhin ist ein Onkel von Anna zu erwähnen, der den Chor des Klosters Einsiedeln leitete. Eine Tante, die den Klosternamen Alexandra trug, gehörte dem Dominikanerorden an. Sie besass das Privileg, vom Papst in Privataudienz empfangen zu werden. Dreissig Jahre verbrachte sie in Unterägypten und studierte die alte Kultur des Landes. 1919 starb sie als Generaloberin des am südöstlichen Stadtrand von Lyon gelegenen Klosters von Vénissieux. Die strenge Lebensauffassung von Annas Vater wurde durch dessen Güte aufgewogen. Aber auch Alexandra, als überragende Autoritätsperson anerkannt, wachte über die Angelegenheiten der Familie Staub. Als Anna ihr mitteilte, dass sie einen Protestanten zu heiraten gedenke, erwirkte diese in Rom die Legalisierung der Mischehe.
Es lassen sich aber weder in der väterlichen noch in der mütterlichen Familie im engeren Sinn künstlerisch-kreative Berufe nachweisen, ausgenommen bei Onkel Ernst Falk, der in Zürich als Architekt arbeitete und schliesslich beim Hochbauamt eine leitende Stellung bekleidete. Hans Falk wusste dennoch bereits in der Sekundarschule, dass er Künstler werden wollte, was seinen Zeichenlehrer, da Hans seiner Auffassung nach eine schlechte Note im Zeichnen verdient hatte, zu einem Lachkrampf und zum Ausspruch hinriss, dass er, wenn Falk Künstler werde, Schulbänke und Besen fresse. Auch Hans' «Vater» Julius Falk (es wird gleich zur Sprache kommen, dass dessen Erzeuger tatsächlich ein anderer war) konnte sich unter dem Künstlerberuf nichts Rechtes vorstellen. Er meinte, dass sich Hans als Schriftenmaler sein Brot verdienen könne. Der Fall von Hans Falks Künstlertum steht noch einzigartiger da, wenn man bedenkt, dass auch Turi, sein eineiiger Zwillingsbruder, sich keinem künstlerischen Beruf zuwandte. In der Primarschule glichen sich zwar die beiden äusserlich zum Verwechseln; auch teilten sie sich in die gleichen, selbst nichtansteckenden Krankheiten (Blinddarmoperation!). Aber in der Berufswahl trennten sich ihre Wege. Turi ging in Luzern zu einem Pâtissier in die Lehre, sattelte dann aber auf den kaufmännischen Beruf um. Er ist Hans zuweilen Modell gestanden und verfolgt bis heute das künstlerische Schaffen des Bruders mit Interesse – aber ohne sich in ungewöhnlichem Masse mit ihm zu identifizieren.

Die Mutter und die zwei Väter

Hans' Entschluss, Maler zu werden, hätte sich unter solchen, einer Künstlerlaufbahn kaum förderlichen Bedingungen nur schwer verwirklichen lassen, wenn es nicht den Onkel Hans Falk (1888–1972) gegeben hätte, der auf den Jungen einen entscheidenden Einfluss ausübte. Er arbeitete in Zürich als Strassenbahner, hatte 1912 im ersten Generalstreik eine aktive Rolle gespielt, war aus diesem Anlass dem gewerkschaftlich organisierten Verband des Personals öffentlicher Dienste (VPOD) beigetreten, dessen Geschicke er 1920–25 im Zentralvorstand mitbestimmte. Diese klassenbewusste Kämpfernatur besass gleichzeitig eine überlegene Lebenserfahrung, ein weites Weltverständnis und eine beträchtliche Bildung. Er liebte schöne Möbel und Teppiche (von denen einige Stücke in den Besitz von Hans Falk übergegangen sind). In seiner Wohnung hing eine Reproduktion von Goyas «Tres de Mayo», während sein Bruder Julius sein Heim mit einem Öldruck «Trinkende Hirsche» schmückte. Onkel Hans förderte behutsam, aber nachhaltig die künstlerische Ausbildung des jungen Falk, liess ihn, als er nach Zürich übersiedelte, bei sich zu Hause wohnen und bezahlte die Miete für sein erstes Atelier an der Scheuchzerstrasse (1940/41). Es ist offensichtlich, dass Julius Falk nach und nach die Verantwortung für die Erziehung von Hans an seinen Bruder abtrat.

Erst durch Nachforschungen, die sich im Zusammenhang mit dieser Buchpublikation ergaben, verdichtete sich eine Ahnung von Hans Falk zur Gewissheit, dass «Onkel» Hans in Wirklichkeit sein leiblicher Vater ist. Julius Falk ehelichte Hans' Mutter erst 1919, also nach der Geburt der Zwillingsbrüder. Er hegte aber nie den leisesten Zweifel an seiner Vaterschaft.

Julius Falk (1891–1963) erzog seine drei Söhne – die beiden vermeintlichen und den «echten» – in einer für das Kleinbürgertum üblichen, nämlich repressiven und sexualscheuen Weise. Er war mit Anna Staub eine religiöse Mischehe eingegangen; die Kinder wurden aber nicht in der katholischen Konfession der Mutter, sondern im protestantischen Glauben unterwiesen. Julius Falk selbst begleitete sie in die Kirche und schickte sie zum Pfarrer in den ethischen Unterricht. Wanderungen in die bergige Umgebung Luzerns wurden zur körperlichen Ertüchtigung unternommen. Strenge Erziehungsmassnahmen (nicht selten Prügelstrafen) wurden mit dem abschreckenden Hinweis auf die «Karg-Buben» begründet, die man heute als Playboys bezeichnen würde. Während der Pubertät trat Julius Falk nachts überraschend ins Schlafzimmer der Söhne und befahl: «Hände auf die Decke!» Dennoch scheint es, dass Julius Falk seine autoritäre Rolle nur mit grossem inneren Aufwand durchzuhalten vermochte. Daher gab er sich strenger, als er es im Grunde wollte. Jedenfalls wechselte seine übermässige Strenge mit gelegentlichen Anwandlungen von Sentimentalität, wenn er von seinen Söhnen sprach. In alten Familienalben erkennt man Julius Falk an seiner aufgesetzt-würdigen oder schneidigen Pose, während sich sein Bruder Hans lässig-locker präsentiert.

Beide verbrachten ihre Jugend in verdingbubenähnlichen Verhältnissen auf einem Emmentaler Bauernhof bei Verwandten. Julius Falk erlernte den Gärtnerberuf. In Paris hatte er bei einem Baron Rothschild das Amt eines Obergärtners inne. Um 1909 kehrte er in die Schweiz zurück, konnte aber in den zwanziger Jahren wegen der Krise seinen leidenschaftlich geliebten Beruf nicht mehr ausüben. Er fand in Luzern eine Stelle als Polizist, fühlte sich jedoch in dieser Funktion nicht sehr glücklich und musste es als Erleichterung empfunden haben, als man ihn schliesslich zum Vorsteher der Naturalverpflegungsstation für Handwerksburschen ernannte.

Die Mutter kann als den passiven Teil der Familie bezeichnet werden. Hans erinnert sich ihrer als einer «stillen Dulderin». Sie war eine auffallende Schönheit, kränkelte stets und neigte zu Depressionen. Es wäre leichtfertig, hier von einer «Vererbung» zu reden. Näher liegt, dass Anna Falk unter der «Sünde» litt, dass sie die wahre Abstammung von Hans und Turi ihrem Mann verheimlichte.

Ihren Söhnen brachte sie viel Verständnis entgegen. Hans erlebte sie als «raumgebend», wie er sich einmal ausdrückte. So hat er sich mit seiner ersten Liebe der Mutter, nicht etwa Julius Falk, anvertraut, und zwar so, dass kaum Worte zwischen ihnen gewechselt werden mussten.

Ihr Mann war ein Frühaufsteher und ging, auf alles «Gesunde» schwörend, früh zu Bett. Sie jedoch las nachts und besuchte in der Begleitung von Hans häufig Theatervorstellungen.

Sie war in streng katholischer Zucht aufgewachsen, entzog sich aber später der Kirche, schon weil sie einen Reformierten geheiratet hatte. Ihre persönliche Auffassung von Religiosität muss sehr weit gediehen sein, denn sie starb, ohne nach der letzten Ölung zu verlangen. Eine an sich harmlose Grippe wurde zur Todesursache, weil sie physisch völlig erschöpft war. Dieser Erschöpfungszustand muss im Seelischen gewurzelt haben, da sie sich, wie erwähnt, als Gefallene vorkam. Auffällig war auch ihre Mildtätigkeit gegenüber in Not geratenen Kindern, so als ob sie an diesen eine Schuld gutmachen wollte, die sie an zwei ihrer Söhne begangen zu haben glaubte.

Man darf sagen, dass die Stimmung in Hans Falks Elternhaus für die kleinbürgerliche Familie in manchem beispielhaft ist. Einzelheiten, wie sie soeben hervorgehoben wurden, verdichteten sich zu einer Atmosphäre, in der sich Repression und still verhaltene Alltagstragik durchdrangen. Sie hier auszubreiten, hielt ich deswegen für wichtig, weil die Tiefenpsychologen aller Richtungen sich darin einig sind, dass das Klima des Elternhauses den Menschen für sein ganzes Leben prägt.

Die Frage lautet demnach: Wie hat die soeben skizzierte familiäre Grundstruktur sich auf Hans Falks Entwicklung ausgewirkt? Eine Grundstruktur, die von drei hauptsächlichen Beziehungspersonen bestimmt wurde: von einem autoritären und autoritätsgläubigen Erzieher, der, in einen ihm nicht zusagenden Beruf gedrängt, im Grunde seines Herzens sich sein verpfuschtes Leben vorwarf; von einer weichen, schuldbewussten, im Religiösen schliesslich eigentümlich souveränen, für musische Eindrücke empfänglichen Mutter und von einem sich zunächst in Distanz haltenden «Onkel», dem leiblichen Vater, einem politisch kämpferischen, weltoffenen, kunstliebenden Sozialisten. Wie hat Falk die zum Über-Ich verinnerlichten Ansprüche dieser drei Beziehungspersonen als Künstler und Mensch aushalten, ausbalancieren, fruchtbar machen können?

Dazu ist anzumerken, dass eine solche Betrachtung im hier gegebenen Rahmen einigermassen kurz und schon deswegen lückenhaft und vorläufig ausfallen muss. Vor allem habe ich mich entschlossen, den erotisch-sexuellen Bereich auszuklammern. Nicht weil dieser Bereich unergiebig wäre (das ist er weder bei Falk noch bei irgendwem sonst), sondern aus Takt gegenüber lebenden Personen. Anderseits ist mir nicht entgangen, dass die Malerei von Hans Falk gerade durch das Erotische stark bestimmt ist: nicht nur im zärtlich-abtastenden Strich des Aktzeichners, nicht nur im Einwühlen in die Farbe während der Stromboli-Phase, sondern auch thematisch vor allem in der Londoner Zeit. Solche Aspekte können aber im Zusammenhang mit der Werkbesprechung berücksichtigt werden.

Endlich ist hervorzuheben, dass die individualpsychischen Faktoren, die hier zur Sprache kommen sollen, nicht genügen, die komplexe Persönlichkeit von Hans Falk zu erfassen. Es ist zu ergänzen, wie dieser bestimmte Künstler auf objektiv-gesellschaftliche Bedingungen antwortet. Anders gesagt: Es ist zu zeigen, wie sich diese mit der individuellen Psyche des Künstlers und Menschen verzahnen.

Das Nachwirken der «Grundstruktur» —
das Verhältnis des Künstlers zur Gesellschaft

Religiöse Entfremdung

Das konfessionelle Patt in der Familie einerseits (der zum Moralismus veräusserlichte Protestantismus von Julius Falk und die sehr persönlich gefärbte Religiosität der katholisch erzogenen Mutter) und das Freidenkertum von Onkel Hans anderseits haben Hans Falk frühzeitig vom Christentum entfremdet und in ihm die Keime zu einem unorthodoxen und unkämpferischen Atheismus angelegt. Dennoch haben ihn Manifestationen der katholischen Kirche zuweilen beunruhigen und faszinieren können. So zeigte er sich von Kulthandlungen (denen er etwa in Rom oder Toledo beiwohnte) tief beeindruckt. Gleichzeitig spürte er bei solcher Prachtentfaltung etwas Bedrohliches, wie ihn auch die Beschäftigung mit der Inquisition — im Zusammenhang mit seinem Studium von El Greco und Goya — ungewöhnlich aufwühlte. In Stromboli erlebte er einmal als Zuschauer eine Prozession zu Ehren des Heiligen Bartolo. Die selbstvergessene, ja fanatische Hingabe der Teilnehmer erschreckte und fesselte ihn zugleich. Um sich von derart widerstreitenden, ihn bedrängenden Gefühlen zu befreien, malte er aus diesem Anlass ein Bild (siehe Abb. 53), auf das später zurückzukommen ist.

Falk steht auch zum Ritual, der säkularisierten Form des Kults, in einer gespannten Beziehung. 1963 wurde er vom Maler und Kunsterzieher Johannes Itten, dem ehemaligen Direktor der Kunstgewerbeschule Zürich, für eine Professorenstelle an der Kunstakademie in Nürnberg empfohlen. Die Verhandlungen zerschlugen sich schliesslich, weil Falk vor den erstarrten Formen an diesem Institut zurückschreckte; so hätte er beim Einsetzungsritual den Professorentalar anziehen müssen. In der Londoner Zeit sind einige Bilder entstanden, auf denen so etwas wie eine Schwarze Messe, jedenfalls kultartige oder auch sado-masochistische Handlungen zu erkennen sind (vgl. besonders «A Not Very Specific Situation», Abb. 90 oder «Hypnotic Mirror, Abb. 100). Auch darüber ist später zu reden.

Ausbildung

In der Primarschule, welche die Zwillingsbrüder in Luzern besuchten, begegnete Falk ebenfalls einem Geist, den er als «inquisitorisch» bezeichnet hat. Ein Lehrer, der den sprechenden Übernamen «Boxi» trug, belohnte diejenigen Schüler, welche ihre Kameraden verpetzten. Auf Prügelpädagogie meinte man nicht verzichten zu können. Es ist Falk unauslöschlich in Erinnerung geblieben (wieder handelt es sich um ein beängstigendes Ritual), wie die Klassen am aufgebahrten Pedell in einem hochgelegenen Turmzimmer («einer Art Dornröschenschloss») vorbeidefilieren mussten. Der Pedell hatte den Schlüssel zum Karzer verwaltet; auch war ihm die Züchtigung unbotmässiger Schüler obgelegen. Während der Sekundarschulzeit (1931–34) herrschte dann ein etwas freierer Umgang. In Zürich stand er ja auch in Obhut des von ihm geliebten Onkel Hans. 1934/35 folgte ein Jahr in der Kunstgewerbeschule Luzern. Hier empfing Falk dank dem Lehrergespann Vater und Sohn von Moos sein vielleicht stärkstes Bildungserlebnis. Joseph von Moos, der Direktor der Schule, war als Künstler Hodler und dem Münchner Symbolismus verpflichtet. Falk hat ihn als «wahre Daseinswucht» in Erinnerung. Er leitete die Schule in einem autoritär-patriarchalischen Stil. («Falk, häsch das Figürli versablet».) Dagegen fühlte sich sein Sohn Max, einer der bedeutendsten Surrealisten der Schweiz, in den Schüler ein und brachte Korrekturen nur behutsam, fast gegen seinen Willen an. In seinen Stunden war die provinzielle Enge von Luzern wie weggeblasen. Er war imstande, den Schülern weite kunstgeschichtliche Zusammenhänge begreiflich zu machen und in ihnen das Verständnis für die Gegenwartskunst zu wecken. Falk hat noch heute seine sanfte Stimme im Ohr, die nie etwas forderte, die er als ermutigend empfand. Gerade weil er einen nie tadelte, geschweige denn blossstellte, verlangte er im Grunde unheimlich viel. In dieser Hinsicht erlebte Falk seinen Unterricht ähnlich intensiv wie später die Kurse von Walter Roshardt an der Kunstgewerbeschule Zürich.

Über sein eigenes Schaffen verlor Max von Moos in der Schule kein Wort. Unausgesprochen, aber für Falk dennoch spürbar, lag die Spannung zwischen Vater und Sohn in der Luft. Im Grunde fing Falk hier ein ähnliches Kräfteverhältnis auf wie schon im Elternhaus. Das Passive, Morbide, aber auch «Raumgebende» von Max musste ihn unbewusst an Anna Falk erinnern, wenn es ihm jetzt auch auf geistig anspruchsvollerer Ebene und in geradezu aristokratischer Prägung begegnete. Insofern ihm Max von Moos das Tor zur Welt aufstiess, deckte er sich auch mit der Figur von Onkel Hans Falk.

1935–39 ging Hans Falk bei Albert Rüegg als Graphiker in die Lehre. Er war erleichtert, dass er Luzern endgültig den Rücken kehren konnte; Zürich erschien ihm gegenüber Luzern als weltoffen. Im Frühling 1939 erhielt er nach bestandenem Lehrabschluss einen Vierjahreskontrakt bei Amstutz & Herdeg, den Herausgebern der weltbekannten Zeitschrift «Graphis». Doch wurde bei Ausbruch des Zweiten Weltkrieges dieses Arbeitsverhältnis durch den Aktivdienst unterbrochen, den Falk, da er keine Waffen tragen wollte, als Sanitätssoldat leistete.

Bei Amstutz & Herdeg lernte Falk den Photographen Werner Bischof (1916–54) kennen. Dieser lud ihn ein, in seinem Atelier in Leimbach zu arbeiten. Falk bewunderte Bischofs unerbittlichen Perfektionsdrang, den er bis zu einem gewissen Grad teilte. Bischof konnte tagelang von einem Mannequin immer wieder andere Posen verlangen, es immer wieder anderen Beleuchtungen aussetzen; tagelang scheuerte er auch an seinen Schneckenhäuschen, bis sie die Transparenz erreichten, welche er für seine photographischen Gegenstandskompositionen brauchte. Gleich nach Kriegsende verliess Bischof die Schweiz, um die zerstörten Länder Europas zu durchstreifen. Dabei lockerte sich sein fanatischer Ästhetizismus; er wurde zu einem der bedeutendsten Photoreporter seiner Zeit, ein «concerned photographer» im umfassenden Sinn des Wortes. Falk bedauert heute, dass er den Freund auf seinen Reisen nie hat begleiten können; ihre Ateliergemeinschaft hatte er vor dieser Zeit gelöst. Früher als Bischof (vor allem auch durch den Umgang mit Onkel Hans) war er zur Einsicht gelangt, dass man das Ästhetische nicht überwerten durfte, wenn man zum Erfassen der Wirklichkeit und zum eigentlich Menschlichen vorstossen wollte. Die bei Feierabend aus der Fabrik Escher Wyss strömenden Arbeiter zeichnete er nicht als Schönheitssucher, sondern ergriffen, dass in unserer Gesellschaft Menschen durch Menschen ausgebeutet werden.

Zu Falks Ausbildung als Graphiker gehörte auch der Besuch der Kunstgewerbeschule, an der er später (1942–43) noch ein Jahr hospitierte. In der Zeit von 1935–39 waren Berchtold von Grüningen und Alfred Willimann die eigentlichen Fachlehrer; figürliches Zeichnen erteilten Ernst Gubler, Ernst Georg Rüegg und vor allem Walter Roshardt. Vom zuletzt genannten (in seiner künstlerischen Haltung als Klassizist zu bezeichnen, in seiner gesellschaftspolitischen Einstellung an der Schule als Anarchist verschrien) empfing Falk die stärksten Anregungen. Aus dem Lehrer-Schüler-Verhältnis erwuchs später eine Freundschaft.

Es wäre übertrieben zu behaupten, dass zu der Zeit an der Kunstgewerbeschule trotz einigen hervorragenden Lehrkräften ein besonders progressiver Geist geweht hätte. Als Vorbilder waren Cézanne und Matisse, aber auch postimpressionistische Strömungen und ein bei Van Gogh anknüpfender, von der starken Persönlichkeit Max Gublers umgeprägter Expressionismus tonangebend. An Picasso wagte man sich kaum heran, obwohl das Kunsthaus bereits 1932 eine umfassende Ausstellung von ihm gezeigt hatte.

1937 ermöglichte der Onkel Hans Falk eine Reise nach Paris, wo ihn an der Weltausstellung Picassos «Guernica» in dem von José Luis Sert errichteten spanischen Pavillon hinriss. Nach Zürich zurückgekehrt, erhielt seine Begeisterung einen Dämpfer. Ein Fachlehrer bedeutete ihm, dass er noch viel zu lernen habe, bis es ihm erlaubt sei, sich dem Ungestüm Picassos auszusetzen. Diese kleine Begebenheit darf als Gradmesser für die damals in der ganzen Schweiz vorherrschende repressive Toleranz gelten. Unser Land glaubte dem immer mehr erstarkenden Nationalsozialismus kulturpolitisch nur entgegentreten zu können, indem es sich seinerseits auf nationalistische Werte, auf vaterländische Bodenständigkeit und Eigenart, berief. Man beschwor derart Tugenden, die der Nationalsozialismus ebenfalls hochhielt, stellte sie aber unter schweizerische Vorzeichen. Man unterschied sich, indem man sich bis zu einem gewissen Grad anpasste. So löste die Landesausstellung 1939, zur einmütigen Bekundung schweizerischer Selbstbehauptung verklärt, in der Architektur eine Welle des Heimatstils aus. Die Rückständigkeit der Kulturpolitik drückte sich auch darin aus, dass die Zürcher Konkreten (diese hatten 1936 alle progressiven künstlerischen Kräfte in der Vereinigung «Allianz» versammelt) mit ihrer geometrisierend-rationalen Kunst im Zusammenhang mit der Landesausstellung keinen Auftrag erhielten.

Es gab aber auch Kreise, die sich nicht anpassten, sondern geistigen Widerstand leisteten, so zum Beispiel die Schauspielhaus-Bühne und das politische Cabaret Cornichon. Falk hat die Schauspieler des Cornichons im «Hirschen», wo sie aufzutreten pflegten, immer wieder gezeichnet (siehe Abbn. 14, 15, 10). Für das Zweier-Cabaret von Voli Geiler und Walter Morath entstand ein Bühnenbild.

Während des Zweiten Weltkriegs war unser Land dann erst recht isoliert. Das kulturelle Leben wurde empfindlich eingeschränkt. Was sich nicht als «geistige Landesverteidigung» ausweisen konnte, wurde nicht gefördert. Erst nachdem die Nationalsozialisten besiegt waren, konnte Europa daran denken, an den Errungenschaften der modernen Kunst, wie sie sich in den zwanziger Jahren und früher entfaltet hatte, wieder anzuknüpfen.

Diese gesamteuropäische Situation, aber auch die besondere Lage der Schweiz musste sich auf das Schaffen von Hans Falk auswirken. Starke Lehrer- und Künstlerpersönlichkeiten wie Max Gubler und sein Bruder Ernst, Walter Roshardt und Ernst Georg Rüegg, die Falk an der Kunstgewerbeschule unterrichtet hatten, waren alle einer figurativen Kunst verpflichtet. Das hatte zur Folge, dass Falk seinerseits recht spät, nämlich erst 1959/60, beim «ungegenständlichen» oder doch konsequent abstrakten Bild ankam. Als er 1958 erstmals die USA bereiste, stand in New York der abstrakte Expressionismus (Action Painting) auf dem Höhepunkt. Aber er beachtete die Vertreter dieser Strömung wie Pollock (1912–56), Motherwell oder Franz Kline nicht, die ja damals in öffentlichen Sammlungen noch kaum aufgenommen waren. Er schaute im Museum of Modern Art nur europäische Maler an und von ihnen nur wieder die Gegenständlichen wie den Douanier Rousseau (auf dessen «Negresse» hatte ihn schon Max von Moos aufmerksam gemacht) oder Otto Dix oder die Expressionisten, Frühkubisten und Surrealisten. Ein halbes Jahr später lernte er während seines Aufenthaltes in Cornwall Alan Davie und die diesem nahestehende Saint Yves School mit Barbara Hepworth, Terry Frost, Peter Lanyon und Ben Nicholson kennen. Erst unter diesen Einflüssen wandelte sich seine figurative Malerei zu einer Art von abstraktem Expressionismus.

Künstlertum und gesellschaftliche Abhängigkeit

Hans Falk ist erst 1954/55, also bereits 36jährig, zu einem freien Künstlertum vorgestossen. Dieser «zweiten» Laufbahn ging eine überaus erfolgreiche Zeit als Plakatgestalter voraus (ab 1939). Die individualpsychologische Erklärung, Falk habe jenen wagnisreichen Schritt, die Entscheidung zum freien Künstlertum, so lange hinausgezögert, weil das kunstfremde Klima seines Elternhauses in ihm stets noch hemmend nachgewirkt habe, reicht nicht aus. Man muss gleichzeitig berücksichtigen, dass die ökonomisch-gesellschaftlichen Bedingungen in unserem Kleinstaat einer ganz auf sich selbst gestellten Künstlerexistenz bis vor kurzem ohnehin nicht förderlich waren.

«Freies» Künstlertum kann genau genommen zweierlei bedeuten. Man versteht darunter eine Form der Künstlerexistenz, die nicht mehr direkt von einem Auftraggeber abhängig, also «autonom» ist und sich dann aber im Konkurrenzkampf auf dem freien Markt behaupten muss. Oder aber es ist das «l'art pour l'art» gemeint, das heisst eine bestimmte geistige Haltung des Künstlers, für die Sinn und Würde des Schaffens allein in der Kunst selbst begründet liegt. Geschichtlich gesehen, handelt es sich in beiden Fällen um Spätformen, die sich eigentlich erst im Kapitalismus seit der zweiten Hälfte des 19. Jahrhunderts richtig entfaltet haben und die schliesslich doch innerlich zusammenhängen. Die beiden Bedeutungsnuancen können im folgenden nicht immer reinlich geschieden werden.

Autonome, also unabhängig von einem Auftraggeber entstehende Kunst kann nur dank einem starken privaten Mäzenatentum und unter den Voraussetzungen eines internationalisierten Kunsthandels gedeihen. Diese beiden Bedingungen haben sich in unserem Land eigentlich erst nach dem Zweiten Weltkrieg kräftig genug herausgebildet. Böcklin und Hodler sind als grosse, vorzeitige Ausnahmen zu verstehen; doch Karl Stauffer-Bern (1857–91) zerschellte an Verhältnissen, die man als tragisch bezeichnen mag, die ihn aber auch deswegen zu Fall brachten, weil seine ehrgeizigen Pläne mit der schwachen «kulturellen Infrastruktur» nicht übereinstimmen konnten.

Parallel zu den erwähnten wirtschaftlichen Hemmnissen bewahrte das Schweizer Bürgertum seine ideologischen Vorurteile gegenüber dem Künstler besonders zäh. Es stempelte ihn zu einer unseriösen, unnützen, im Grunde unheimlichen Sorte Mensch. Diese Verständnislosigkeit, der sich Falk schon als Jugendlicher zeitweise in der eigenen Familie ausgesetzt fühlte, war im ganzen Land weit verbreitet.

Daraus erklärt sich die Neigung des Schweizer Künstlers, seine «Tauglichkeit» beweisen zu wollen, seine Legitimation aus einer «höheren Idee» herzuleiten. Dem stand aber entgegen, dass er weder bei einem kunstliebenden Klerus (der in den grösseren Städten verbreitete Protestantismus steht zur Kunst in einem gespannten Verhältnis) noch bei einem mächtigen Fürstenhof Rückhalt finden konnte. Bei der föderativen Struktur des Landes fehlt die grosse Metropole, aber auch eine von der Bundesregierung ausgehende, zentrale und wirklich umfassende Kulturpolitik. Wenn der Schweizer Künstler nicht vorzog auszuwandern, dann versuchte er sein Schaffen in den Dienst der nationalen Erziehung (was vor allem für unsere Literaten gilt), der Verherrlichung unseres demokratisch-föderalistischen Vaterlandes oder der schweizerischen Landschaft zu stellen. Letzteres mündete schliesslich in die Werbung für den Massentourismus, wie sich denn überhaupt im 20. Jahrhundert dem Künstler die Möglichkeit eröffnete, seine Arbeit als Graphiker der Industrie anzubieten. Dass diese Möglichkeit in der Schweiz stark genutzt wurde, ist wohlbekannt. Unser Plakatschaffen hat spätestens in den dreissiger und vierziger Jahren eine in der ganzen Welt beachtete Blüte erreicht, an der Hans Falk wesentlich mitbeteiligt ist.

Es ist aber auffällig, dass Falks Plakate (zwei Ausnahmen, ein Plakat für Seiden-Grieder und eines für PKZ-Bekleidungen, bestätigen die Regel) nie für ein Industrieprodukt oder für ein bestimmtes wirtschaftliches Unternehmen, sondern stets für karitative, soziale und kulturelle Institutionen werben. Dieses gesellschaftliche Engagement lässt sich nun aus frühen Eindrücken der Individualsphäre herleiten, aus dem Einfluss der mildtätigen Mutter und des um soziale Gerechtigkeit kämpfenden Onkels, aus Einflüssen, die später von Falks erster Frau Charlotte, die ebenfalls der sozialistischen Bewegung verpflichtet war, noch verstärkt wurden.

Zu beobachten ist weiter, dass Falk als Plakatschaffender nur ganz ausnahmsweise in festem Auftrag arbeitete. Er zog die Wettbewerbssituation vor und war dabei meistens erfolgreich. Anderseits war mit dem Wettbewerb selbstverständlich ein grösseres Risiko verbunden als mit dem Direktauftrag. Die Werbeagenturen, die ja als direkter Auftraggeber vor allem in Frage kamen, hatten jedoch ihre festgelegten Ansichten von einem wirksamen Plakat, und Falk hätte damit rechnen müssen, dass er mit seinem eigenwilligen Plakatstil auf Widerstand gestossen wäre oder dass man ihm unannehmbare Kompromisse nahegelegt hätte. Das grössere Risiko des Wettbewerbs war eben der Preis, den er einer grösseren Gestaltungsfreiheit zuliebe zu zahlen bereit war. Diese verhältnismässig freien Bedingungen vermochte er noch mehr aufzulockern, indem er sich zunächst von der zwischenmenschlich-sozialen Seite der Aufgabe fesseln liess. Wenn er sich um eine gestalterische Lösung bemühte, betrieb er seine Studien für eine bestimmte Thematik derart umfassend, dass sich diese Vorbereitungen wie verselbständigten und weit über das hinausgingen, was die Wettbewerbsvorschriften von ihm verlangten. Diese dienten ihm nur noch als Anlass, um mit Vertretern von Randgruppen, mit Geschädigten und Benachteiligten, aber auch mit Arbeitern in ein enges Verhältnis zu kommen, um sich ihre Besonderheit, ihre Probleme und Nöte geradezu einzuverleiben. Um den Plakatentwurf für Pro Infirmis 1948 (siehe Abbn. 139, 140) zur Reife zu bringen, zeichnete er tage-, ja wochenlang im Städtischen Blindenheim, in der Taubstummenanstalt, in der Epileptischen Anstalt und im Mathilde-Escher-Heim. Auch das Flüchtlingsplakat mit der Aufschrift «Aidez les exilés!» (1946, siehe Abb. 141) ist nach eingehenden Modellstudien entstanden. Als Vorlage für die Arbeitergestalten auf den Wahlplakaten, die im Auftrag der Sozialdemokratischen Partei geschaffen wurden, holte sich Falk durch die Vermittler des Arbeitsamtes Werktätige ins Atelier. Solche zeichnerische Vorstudien gewannen einen so starken Eigenwert, dass sie, unabhängig von den Plakataufträgen und -wettbewerben, in zahlreichen Zeitungen und Zeitschriften («Volksrecht», «Öffentlicher Dienst», «Der grüne Heinrich», «Weltwoche», «Neue Zürcher Zeitung») erscheinen konnten.

Begründung der freien Künstlerexistenz

An Falks Biographie tritt als bemerkenswerter Zug hervor, dass sich der Künstler häufig auf Reisen begibt, dass längere Auslandaufenthalte mit nur kurzen Ruhepausen in der Schweiz wechseln, aber ohne dass man ihn im Sinn von Paul Nizon unter die «Kunstreisläufer» rechnen könnte, die wie Alberto Giacometti, Fritz Glarner, Wilfrid Moser, Le Corbusier, Robert Müller und Jean Tinguely (um nur einige der bedeutendsten Künstlerpersönlichkeiten des 20. Jahrhunderts zu nennen) sich endgültig im Ausland niedergelassen haben oder doch zunächst ausserhalb ihrer Heimat berühmt geworden sind.

Falks Reiselust hat vielfältige Motive, und wiederum

verschränken sich hier individualpsychologische und gesellschaftlich-objektive Gründe.
Schon als Kind und im Schulalter hat er die Spannung zwischen «Heimat und Fremde» gleichsam en miniature erfahren. Onkel Hans, der sich im Auftrag des VPOD nach Wien und Berlin begab, brachte von solchen Reisen den Kindern ungewohntes Spielzeug mit. Es machte Hans mächtigen Eindruck, war für ihn von der Luft fremder Länder umwittert. Als er das Elternhaus verliess, um in Zürich die Sekundarschule zu besuchen, gewöhnte er sich früh an Selbständigkeit und Mobilität. Während der Ferien nach Hause zurückgekehrt, wurde er dort wie ein vorübergehend Station machender Auswanderer behandelt.
Bereits in der Sekundarschule ist Hans vom Wunsch erfüllt, Künstler zu werden. Gleichzeitig hat er die Unzufriedenheit von Julius Falk erlebt, der seinen über alles geliebten Gärtnerberuf nicht ausüben kann. Dieser stösst als Polizist zuweilen bei der «Obrigkeit» an, er muss Demütigungen einstecken, sich unterziehen. Das sind Erfahrungen, die Hans darin bestärken, sich von seinem eigenen Berufsziel um keinen Preis abbringen zu lassen. Die Kraft durchzuhalten fliesst ihm vom Vorbild des Onkels zu. Dieser sieht in seiner Lebenszuversicht überall Möglichkeiten. Das wiegt die gedrückten Verhältnisse im Elternhaus auf; mit der Hilfe des Onkels wird er es schaffen.
Die Schwierigkeiten und Zurücksetzungen von Julius Falk spiegeln Hans die Engherzigkeit der Kleinstadt Luzern. Er begreift rasch, dass der Ausbruch aus solchen einschnürenden Verhältnissen von seinem Entschluss, Künstler zu werden, nicht zu trennen ist. Wenn er den Beruf eines Graphikers ergreifen will, was sich für ihn zu der Zeit mit der Vorstellung des Künstlers noch deckt, dann kann er ohnehin nicht in Luzern bleiben, weil hier die Ausbildungsmöglichkeiten fehlen. Er wird endgültig nach Zürich übersiedeln können, was dem Jugendlichen soviel wie die grosse Welt bedeutet, und er wird sich wieder in der Nähe des geliebten Onkels aufhalten dürfen.
Wenn Falk später vorbringen wird, dass er dem Kleinlichen, zuweilen Engstirnigen, den patriarchalisch-kapitalistischen Auswüchsen der Schweiz ins Ausland ausgewichen sei, dann ist zu bedenken, dass dieses Engstirnige, dass «Leistungsdrall und Kleinpräzision» zwar als das «objektive» Klima unseres Kleinstaates bezeichnet werden darf, dass ihm aber Julius Falk als erster solche Aspekte seines Vater-Landes vorgelebt und vermittelt hat. Anderseits aber hat die zweite wichtige Lebensfigur, Onkel Hans Falk, der wirkliche Vater, solche Einflüsse entscheidend zu relativieren vermocht. Es wird zu zeigen sein, dass man die Reisen und Auslandaufenthalte des Künstlers nicht einseitig als Flucht vor den beengenden schweizerischen Verhältnissen auslegen darf. Wenn Falk immer wieder ins Ausland aufbricht, dann treibt ihn vielmehr die Lust, Neues aufzunehmen, sich ins Offene, noch Unbekannte zu wagen.
Auch wenn man nur Falks wichtigste Reisen und Auslandaufenthalte aufzählt, ergibt sich eine stattliche Liste: Spanien, Spanisch-Marokko, Umbrien, Norwegen (1947–49); Vorderer Orient, insbesondere Persien (1951); Cadaques, Sète (1954), Andalusien, Aquilas (1955/56); Tripolis, Libyen (1956); Vereinigte Staaten (1958); Cornwall/Irland (1958–60); Stromboli (1960–68); London (1968–73); New York (1973/74).
Die ersten Reisen (1947–51) sind als Ausbruch aus der Enge in die Ferne und Weite zu verstehen, sie wurden in Hoffnung auf das Abenteuer unternommen. Die Schweiz war im Zweiten Weltkrieg durch die kämpfenden Mächte völlig eingeschlossen. Falk hat an den Aktivdienst nur traumatische Erinnerungen. Er fühlte sich isoliert, unverstanden, konnte nur ausnahmsweise künstlerisch arbeiten, litt an der allgemeinen Geistlosigkeit des Dienstbetriebes und an mangelnder Information, was draussen politisch-militärisch vorging. Eine solche eingeschränkte Lebensweise erzeugte in ihm ein ähnliches Fernweh wie im Schriftsteller Max Frisch, das sich in seinem ersten Theaterstück «Santa Cruz» (1944 geschrieben) niedergeschlagen hat.
Es ist nicht stichhaltig, Falks zahlreiche Reisen und Aufenthalte im Mittelmeergebiet als Sehnsucht nach dem milden (gleichsam mütterlichen), sonnigen Süden erklären zu wollen. Er suchte dort nicht das Pittoreske wie viele seiner Kollegen, nicht das gängige Klischee der Mittelmeerländer, sondern mit Vorzug harte, kärgliche Gegenden, deren Bewohner er in ihrem oft schweren Existenzkampf als Zeichner und Maler beobachtete und festhielt.
Von 1958 an, als Falk sich nach Cornwall und dann nach Irland wandte, nahmen seine Auslandaufenthalte eine andere Bedeutung und einen anderen Rhythmus an; der Nachholbedarf, in die Fremde zu schweifen, den die Einkreisung der Schweiz durch die nationalsozialistische Bedrohung erzeugt hatte, war ja nun gestillt. 40jährig, war Falk entschlossen, sich endlich als freier Künstler zu verwirklichen. Das bedeutete gleichzeitig, dass er sich entschieden von einem bestimmten Vaterbild abkehre, von Vorstellungen, dass man «etwas Rechtes» werden müsse, von der damit verbundenen Angst, die ihm als Kind eingepflanzt worden war, dass der Künstler unweigerlich als Hungerleider enden müsse.
Mit seinem hervorragenden Namen als Graphiker und Plakatgestalter hätte sich gut leben lassen. Die Kette der Aufträge brach nicht mehr ab, und gerade das bedrängte ihn schon des längeren. Auftragsarbeit und Plakatwettbewerbe absorbierten seine Kräfte, liessen

sich mit dem Drang zu malen nicht mehr vereinen. Er musste sich entscheiden, und er entschied sich für die Malerei. Das hiess aber auch, dass er sich von seiner Umgebung, die ihn kannte und schätzte, die ihn mit ihren Auftragswünschen nicht mehr zur Ruhe kommen liess, lösen wollte. Seit 1958 ist denn auch — ausser «Kunst am Bau» — kein einziges malerisches Werk mehr «zu Hause» entstanden. Da Falk Sammlung, Distanz, Freiraum für seine künstlerische Arbeit suchte — und sei es mitten in der Grossstadt —, wurde er nun im Ausland geradezu sesshaft: acht Jahre Stromboli, fünf Jahre London, jedesmal fast ohne Unterbrechung. Wenn Falk ins Ausland geht, will er nicht nur den mannigfaltigen Verflechtungen in der Schweiz entkommen, sondern er nimmt im noch unbekannten Land gleichzeitig eine neue Herausforderung auf sich. Diese Herausforderung kann ihm als archaisch-primitive, mühselige Lebensweise am Rande der Zivilisation wie in Cornwall / Irland und in Stromboli oder als gnadenloser Grossstadt-Dschungel wie in New York begegnen. Die jeweils neue Umgebung hat denn auch meistens eine künstlerische Häutung eingeleitet. Der Künstler muss sich in einem ihm unbekannten Bezugsnetz zurechtfinden; er reagiert mit seinem Schaffen auf all das Ungewohnte und erkämpft sich oder wahrt so seine eigene Identität. Er fühlt sich im fremden Land und in der fremden Grossstadt aufgelockert; es ist ihm, als habe sich (so seine eigenen Worte) «eine Türspalte geöffnet». Das heisst, er gewinnt Ausblick und Durchblick aufs «Ganze», der das Werk gelingen lässt. Die verhältnismässige Ungebundenheit, über die er als Zugereister verfügt, ein noch zu entdeckendes Wahrnehmungsfeld, in dem sich auch Unvorhergesehenes, Überraschendes ereignet oder doch ereignen könnte, wirken geburtshelferisch.

Als Falk im Mai 1974 New York verliess, um in die Schweiz zurückzukehren, zerstörte er nicht weniger als vierzehn von den Bildern, die hier entstanden waren. Er wollte nur diejenigen Arbeiten behalten, in denen jener Durchblick und Durchbruch zum vorerst noch Unbekannten Form geworden war. Eine solche Auslese durch Vernichtung hatte er auch schon in Cornwall / Irland und in Stromboli getroffen. Hinterher stellte sich dann jeweils heraus, dass er oft zu streng ins Gericht gegangen war. Aber was sich später manchmal als «Luxus der Zerstörung» erweisen sollte, pflegte ihn kaum zu beunruhigen. Er war sich nun schon sicher, dass ihn nichts mehr von der neuen Fährte abbringen konnte; er vertraute darauf, dass sich die Bedingungen der «offenen Türspalte» erhalten oder erneuern lassen würden.

In letzter Zeit haben sich die Atempausen, die Falk zwischen seinen Auslandaufenthalten in der Schweiz einlegt, immer mehr verkürzt. Zwischen Stromboli und London, zwischen London und New York schoben sich jeweils nur wenige Wochen oder Monate, die er in seinem Haus in Urdorf verbrachte. Wenn sich der Zwischenhalt in der Schweiz, den er, wie er sich ausdrückt, als eine Art «Kur» erlebt, dennoch hinauszögert, überkommt ihn gespannte Unruhe, ist doch nun alles daran zu setzen, die «geschlagene Bresche» weiterhin offenzuhalten, den neuen Weg, der sich in der Fremde angebahnt hat, auch während der Ruhepause in der Schweiz nicht aus den Augen zu verlieren.

Meine Malerei soll nicht enthalten, was ich sehe, oder ~~was ich zu sehen~~ glaube zu sehen. — Meine Malerei soll nicht eine Erfahrung als Bildinhalt haben — sie soll an und für sich Erfahrung sein. —

─────────

Ich kann meine Bilder nicht intellektuell interpretieren.
Was nicht ausgedrückt, ausgesagt wird, das Verschwiegene ist für das Verständnis wichtiger und beredter als das Gesagte, Beredte. (zu)
Für mich sollte ein Bild soweit lesbar sein, dass durch die scheinbare Ruhe, die pralle Spannung von Werden und Entwerden, von Entspringen und Zurückgleiten, von Erscheinen und Verschwinden, erfüllt werden kann. —
Antill 1959 —

Das Werk

Frühzeit und impressionistisch-
expressive Figuration, 1935–58

Um 1945/46 galt Hans Falk als einer der bedeutendsten Plakatgestalter seines Landes; er hat insgesamt über vierzig Plakatwettbewerbe erfolgreich bestanden. Er war als Gestalter von Lithographien und als Typograph gesucht, er entwarf Schutzumschläge für Bücher und richtete das Layout für Zeitschriften ein. Diese breite Verwendbarkeit sicherte ihm und der Familie die Existenz; aber in den fünfziger Jahren wurde sie ihm auch mehr und mehr zur Belastung, weil in ihm gleichzeitig das Bedürfnis wuchs, nur noch als freier Künstler zu arbeiten.

Vorerst aber steigerte Falk sein Plakatschaffen zu einer eigentlichen Kunstform. Er bildete sich im Freizeitlokal der «Lithographia» an der Erismannstrasse im Radieren, vor allem aber in der Technik des Lithographierens aus, so dass viele seiner in der Folge entstandenen Plakate als Originallithographien angesprochen werden können. Es gelang ihm, die mit der graphisch-gestalterischen Auftragsarbeit unweigerlich verbundenen Beschränkungen zu sprengen, indem er seine Aufträge über Wettbewerbe hereinholte. Die Wettbewerbssituation gestattete ihm ein viel freieres Schaffen als die direkte Zusammenarbeit mit einer Werbeagentur.

Wie sehr sich Falk immer wieder vom Gängig-Plakativen und von der eingefahrenen «Plakatgerechtheit» entweder zu lösen oder aber wie sehr er diese eigenwillig in seinem Sinn zu interpretieren vermochte, lässt sich am Beispiel der Rötelzeichnung eines österreichischen Flüchtlingskindes zeigen, die 1945 im Zusammenhang mit einem Plakat der Zentralstelle für Flüchtlingshilfe entstanden ist (vgl. Abbn. 7, 141). Man erkennt sowohl auf der Zeichnung wie auf dem Plakat dasselbe Modell; aber es ist der wechselnden Funktion entsprechend jeweils anders gestaltet. Auf dem Plakat umarmt das Mädchen einen alten Mann in schwarzer Kleidung und schwarzem Béret. Sein rotes Haar und sein ockrig getönter Mantel heben sich von diesem Schwarz ab. Seine Verletzlichkeit und Schutzbedürftigkeit ist ganz in die umarmende Gebärde gelegt, während die Gesichtszüge nur knapp angedeutet sind. Derart wurde eine Plakatwirkung erreicht, wie sie Falk verantworten konnte.

Da der Künstler einen Wettbewerb stets zum Anlass nahm, um sich in einen bestimmten menschlichen Themenkreis zu vertiefen, entstanden zu diesem Plakat zahlreiche Studien über das Mädchen und den alten Mann. In der Rötelzeichnung verfuhr Falk um einer intimen und verinnerlichten Wirkung willen anders als im Plakat. Hier gibt es keine sprechende Gebärde, aber aller Ausdruck ist der roten Haarflut und vor allem den Gesichtszügen des Mädchens anvertraut; ihnen ist die ganze misstrauische Nachdenklichkeit und Resignation aufgeprägt.

Dass Falk bei seinem ausserordentlich freien Umgang mit dem Plakat dennoch (oder gerade deshalb) zu Erfolg kam, hat sich auf sein ungebunden-künstlerisches Schaffen zuweilen auch hindernd ausgewirkt. Zunächst fiel es ihm um so schwerer, die einmal errungene Anerkennung auf dem Gebiet der Plakatgestaltung aufs Spiel zu setzen, so dass er den Entschluss, als freier Künstler eine zweite Existenz zu beginnen, lange vor sich her schob. Zum zweiten nagelte ihn die Plakatgestaltung auch als Zeichner und Maler auf eine verhältnismässig konservative Haltung fest, was Max Eichenberger und Fritz Laufer, zwei in den vierziger und fünfziger Jahren massgebenden Kritikern Zürichs, nicht entging. Laufer warf Falk etwa vor, dass er sich stets noch im Umkreis von Toulouse-Lautrec und Max Gubler bewege, wobei diesem Urteil die Abhängigkeit von Matisse insofern mit eingeschlossen war, als Gubler sich ja auch stark mit diesem französischen Künstler auseinandersetzte. Aus seinen besonderen Lebens- und Schaffensumständen heraus blieb Falk bis in die späten fünfziger Jahre einem rein schweizerischen Bezugssystem verhaftet, innerhalb dem er jedoch zu individuell bedeutenden Leistungen gelangte, die aber im allgemeinen noch nicht Georg Schmidts Forderung erfüllten, der Künstler müsse eine «Antwort auf die Zeit» geben.

Zeichnungen und Zeichnen mit dem Pinsel

Die «Gefässe» (siehe Abb. 4) von 1935 sind Falks frühstes erhaltenes Ölbild. In den Farben, bei denen Schwarz, Braun und violettgraue Töne überwiegen, erinnert es an Braque. Darüber hinaus treten an diesem Bild einige Kühnheiten hervor, an die Falk erst wieder 1956–58 (noch vor und dann am Anfang des Cornwall-Aufenthaltes) und nun entschiedener anknüpfte. Erstaunlich ist an den «Gefässen», dass Flasche, Büchse und andere, nicht weiter identifizierbare Gegenstände in gestufter Abstraktion zu einer gedrängten, schon fast kalligraphischen (oder wenn man lieber will: skripturalen) Formel zusammengefasst sind. Ganz ähnlich wie die Gegenstände, und ebenso eigenwillig, ist das Licht behandelt. Es erscheint als helle, schräg hinter der Flasche durchgezogene Lage heftiger und breiter Pinselausschläge und ist von gleicher Materialität, das heisst nicht weniger und nicht mehr entstofflicht als die im Bild repräsentierten Geräte.
Das Zeichnen (im Extremfall das «Schreiben») mit dem Pinsel erreicht dann im Bildnis des Mimen Marcel Marceau (1953, siehe Abb. 16) einen weiteren Höhepunkt. Die Schminkmaske als «zweite Haut» wird Falk später in London wieder beschäftigen (vgl. Abbn. 83, 90, 95). Er hat sie stets als Entsprechung zum Farbauftrag des Malers auf die Leinwand empfunden, als etwas, das nicht nur zudeckt, sondern auch mit dem Darunterliegenden eine Symbiose eingehen muss, als Analogon auch zur Kalkschicht, die er in Stromboli auf eine grössere Anzahl von Bildern anbringen sollte.
Die Tuschzeichnung «Cabarettist des Cornichon» (1947, siehe Abb. 14) verrät wiederum Falks Sicherheit, eine Erscheinungsform zu einem knappen, charakteristischen Zeichen zu verknappen. Er kommt auf diesem Blatt, vergleichbar mit einer Kreidezeichnung der Kabarettistin Voli Geiler, ganz ohne Psychologie aus. Der Schauspieler ist wieder kalligraphisch, mit geradezu japanischer Virtuosität, als offene Schlaufe aufgefasst. Falk hat viel in der Oper und noch häufiger das Geschehen auf den schweizerischen Kabarettbühnen gezeichnet. Dabei zog ihn nicht nur der Nonkonformismus, die gesellschaftskritische und unverhüllt antinationalsozialistische Haltung des «Cornichon» und des «Fédéral» an; ihn fesselte ebensosehr der aus dem Augenblick geborene Einfall, das Spontane, Überraschende und Improvisierte, welches in dieser Theaterkleinkunst eine wichtige Rolle spielt. Er begegnete hier einer Einstellung, die zum peinlichen Perfektionismus, zum «Reinzeichnerischen», das in der Werbegraphik den ursprünglichen Einfall ins Verkäufliche umsetzt und ihn auch erstarren und versteifen lässt, in einen klaren Gegensatz tritt. Das für Falk so anziehende Improvisierende ist im Kreidebildnis der Kabarettistin Elsie Attenhofer (1947, siehe Abb. 10) zum Vibrierenden, Verzukkenden hin gesteigert. Dies alles teilt sich nicht nur in den bloss angedeuteten, fast zerbrechlichen Gesichtszügen und in der anmutig-präziösen Gebärde des Kämmens mit, sondern auch in den irrlichternden Farben und im gewollt fahrigen Strich überhaupt, in den wie elektrischen Linien, die das Haar wiedergeben, und in der offenen, nur mehr evozierenden Kontur des blauen Kleides.

Unpittoreskes Spanien

Falk hielt sich, begleitet von seiner Familie, ein halbes Jahr in der keineswegs pittoresken, allem andalusischen Zauber baren Stadt Algeciras auf. Er zeichnete hier hauptsächlich die Armen und im Leben zu kurz Gekommenen, etwa Szenen auf dem Fischmarkt, wenn zum Beispiel die Krämer die unverkäuflichen Reststücke der Fische auf dem Kopf tragend nach Hause strebten, um daraus eine Suppe zu kochen, deren starker Geruch in den Treppenhäusern, Höfen und Gassen hängenblieb. Es entstand vor allem das Porträt «El Pobre» (1955, siehe Abb. 12), ein verwachsener Zigeuner und Gelegenheitsarbeiter, der den Falks Früchte verkaufte. Auch wurde hier das Bildnis des Stierkämpfers Paramio (beide 1955, siehe Abb. 17) geschaffen, der es aber wenig schätzte, weil er seiner Ansicht nach zu wenig als Held dargestellt war. Hingegen bereitete ihm eine Zeichnung Freude, weil er auf ihr als Ganzfigur in der Pracht seiner Stierkämpfertracht erschien, die auf dem Ölbild von Falk bewusst zurückhaltend behandelt worden war. Beide Beispiele belegen — der «Pobre» und das Bildnis des jungen Matadors —, dass Falk den Einstieg zu einem Porträt häufig über die soziale und existentielle Problematik fand, die ihm seine Modelle gesprächsweise anvertrauten. Was Falk von ihnen vernahm und was er als Spuren ihres Existenzkampfes von ihrer Erscheinung ablas, setzte er aber nicht in eine gesellschaftskritische Anklage um. Ihm ging es eher darum, sich in solche gedrückte Lebensverhältnisse einzufühlen und sie sympathisierend in seiner Malerei zur Sprache zu bringen.

3 Gefässe, 1935, Kohle/Papier, 24×19 cm
4 Gefässe, 1935, Öl/Lwd, 39×29 cm

Gleichzeitig ist aber zu fragen, ob Falk mit den ihm damals zur Verfügung stehenden künstlerischen Mitteln diesem gesamten Kontext im Bild tatsächlich habhaft wurde. «Paramio» ist in erster Linie ein Stück souveräne Malerei. Dekorative Flächigkeit — «dekorativ» in dem Sinn, wie es Gauguin und die Schule von Pont Aven verstand — und psychologische Interpretation halten sich etwa die Waage. Die Kopfform — man könnte fast sagen: die «Gesichtslandschaft» — entsteht aus einer Komposition grosszügig angelegter Farbflecken, denen mit kräftigem Pinselduktus Brauen, Augen, Nase und Mund eingezeichnet sind. Aus ihnen spricht etwas lauernd Katzenhaftes, aber auch Melancholisches. Aber das Bildnis lässt im ganzen nichts von den Todesängsten dieses jungen Matadors ahnen, der vor allem deswegen bereit war, sich einem unbarmherzigen Publikum und den gefährlichen Stieren auszusetzen, weil er darin seine einzige Chance sah, dem sozialen Elend zu entrinnen. Falk war Zeuge, wie ein Kollege von Paramio vom Stier gefällt wurde und wie dieser selbst schreckensbleich auf seinen Auftritt wartete. Die kalkweissen oder hellcrèmigen Flecken auf Stirn und Nase seines Bildnisses sind jedoch noch nicht ein «Weiss des Schreckens», sondern zunächst einmal Farbwerte, die mit den anstossenden Ocker, Orange und Rosa interessant kontrastieren.

Ausblick

Falk ist nach einer langen Phase der «konsequenten Abstraktion» und des Informel während seines Aufenthaltes in London und New York (1968—74) wiederum zur Figuration zurückgekehrt. Was hat sich gegenüber dem impressionistisch-expressiven Schaffensabschnitt geändert, was hingegen ist aus dieser Frühzeit hinübergeholt worden? Man darf fast behaupten, in der Londoner und New-Yorker Malerei sei beinahe alles anders geworden, und doch könnte etwa das Bildnis von Elsie Attenhofer (siehe Abb. 10) in seiner kühnen, irisierenden Skizzenhaftigkeit durchaus innerhalb der Londoner Figuration auftreten. Aber sie würde nicht mehr als isolierte Gestalt agieren, sondern wäre in eine grössere Szene oder in einen komplexen Bedeutungszusammenhang eingespannt. Jedenfalls hat Falk die ausdrucksgeladene Linie, wie sie in der Kreidezeichnung der Schauspielerin in Erscheinung tritt, in London wieder in ihre Rechte eingesetzt.
Aber mit solchen handwerklich-gestalterischen Unterschieden (beziehungsweise Ähnlichkeiten) ist noch nichts Entscheidendes über die Besonderheit der Londoner Figuration ausgesagt. Man kann Begriffe aus der Dramaturgie zu Hilfe nehmen und dann zusammenfassend festhalten: Während Falk in seiner Malerei bis 1956 noch die Einheit der Zeit, des Ortes und der Handlung wahrt, erobert er sich in London die neue Dimension der Simultaneität. Damit ist gemeint, dass er Eindrücke, Erfahrungen, Erlebnisse, die er an verschiedenen Orten und zu verschiedenen Zeiten aufgesammelt und innerlich verarbeitet hat, in ein und derselben Bildkomposition miteinander verschränken kann. Die bedeutungsmässige Einschichtigkeit der Frühzeit wird in London durch eine sich im gleichen Bild überlagernde Vielschichtigkeit der Bedeutungszusammenhänge abgelöst.

5 Landschaft, 1935, Öl/Lwd, 19×31 cm

36

6   Juliette, 1944, Kaltnadel, 20×15,5 cm
7   Österreichisches Flüchtlingskind, 1945
    Rötel/Papier, 46×35 cm

8 An der Mole, 1946, Öl/Lwd, 21×32 cm

9 Fische, 1956, Öl/Lack/Lwd, 59×47 cm

40

10 Elsie Attenhofer, Kabarettistin, 1947
Kreide/Papier, 67×68,5 cm
11 In der Garderobe, 1945
Kohle/Papier, 28×21 cm

12 El Pobre, 1955, Öl/Lwd, 98×48 cm
13 Spanisches Mädchen, 1954, Öl/Lwd, 59×69 cm

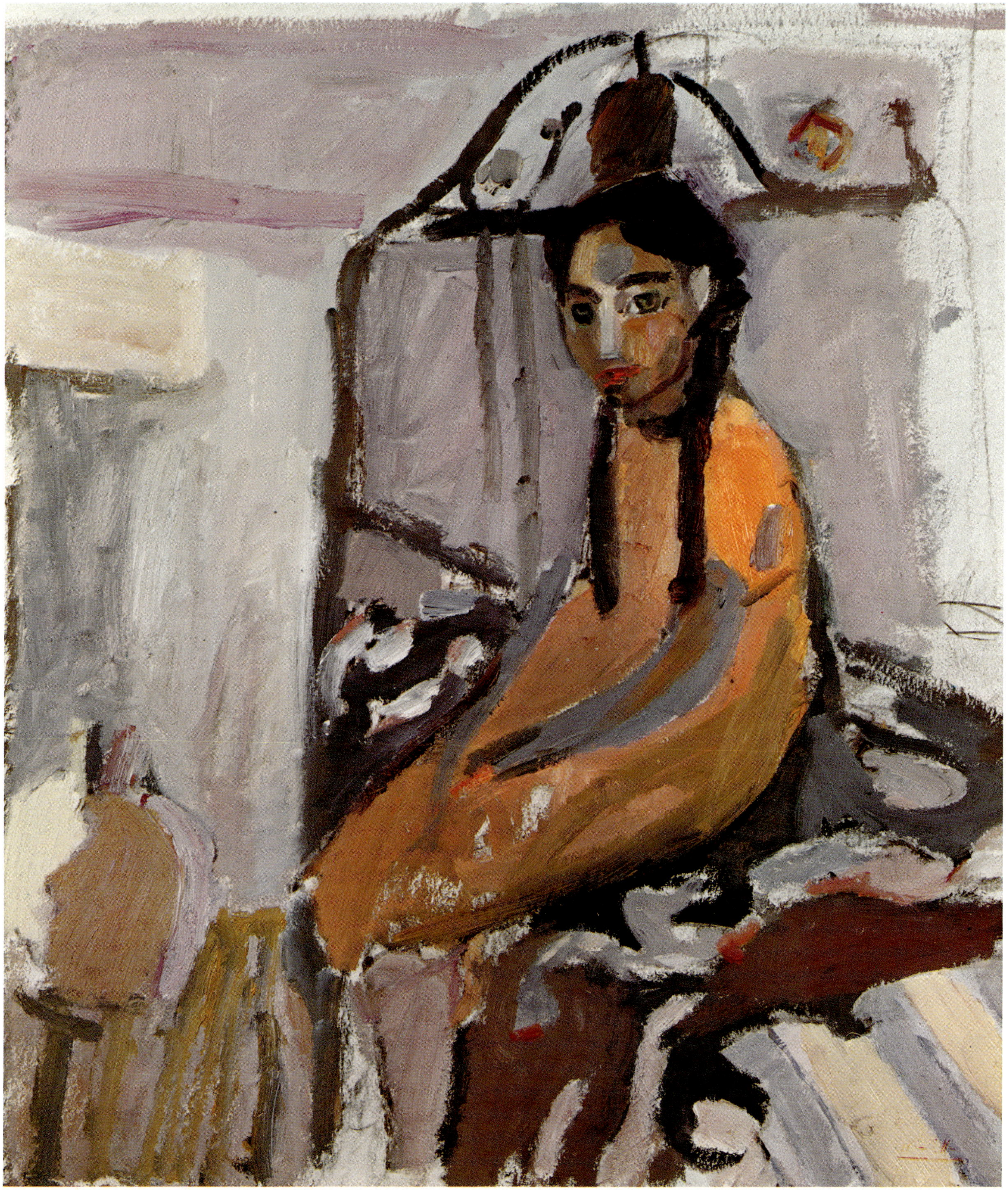

14 Karl Meier, Kabarettist
des Cornichons, 1947
Tusche / Papier, 28 × 19 cm
15 Voli Geiler, Kabarettistin, 1947
Bleistift / Papier, 29 × 23 cm

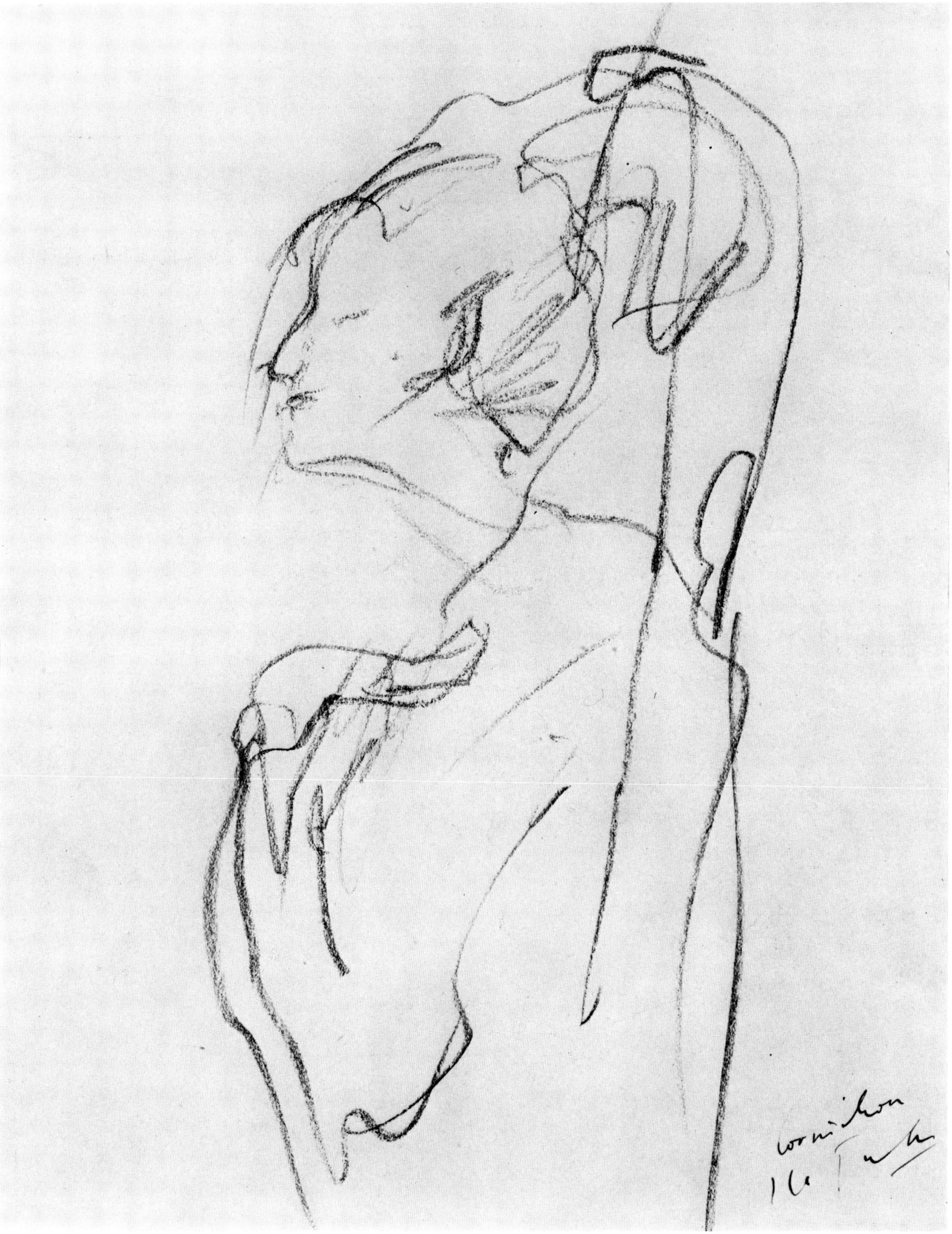

16 Marcel Marceau, 1953
Gouache/Papier, 50×36 cm
17 Paramio Matador, 1955
Öl/Lwd, 38×45 cm

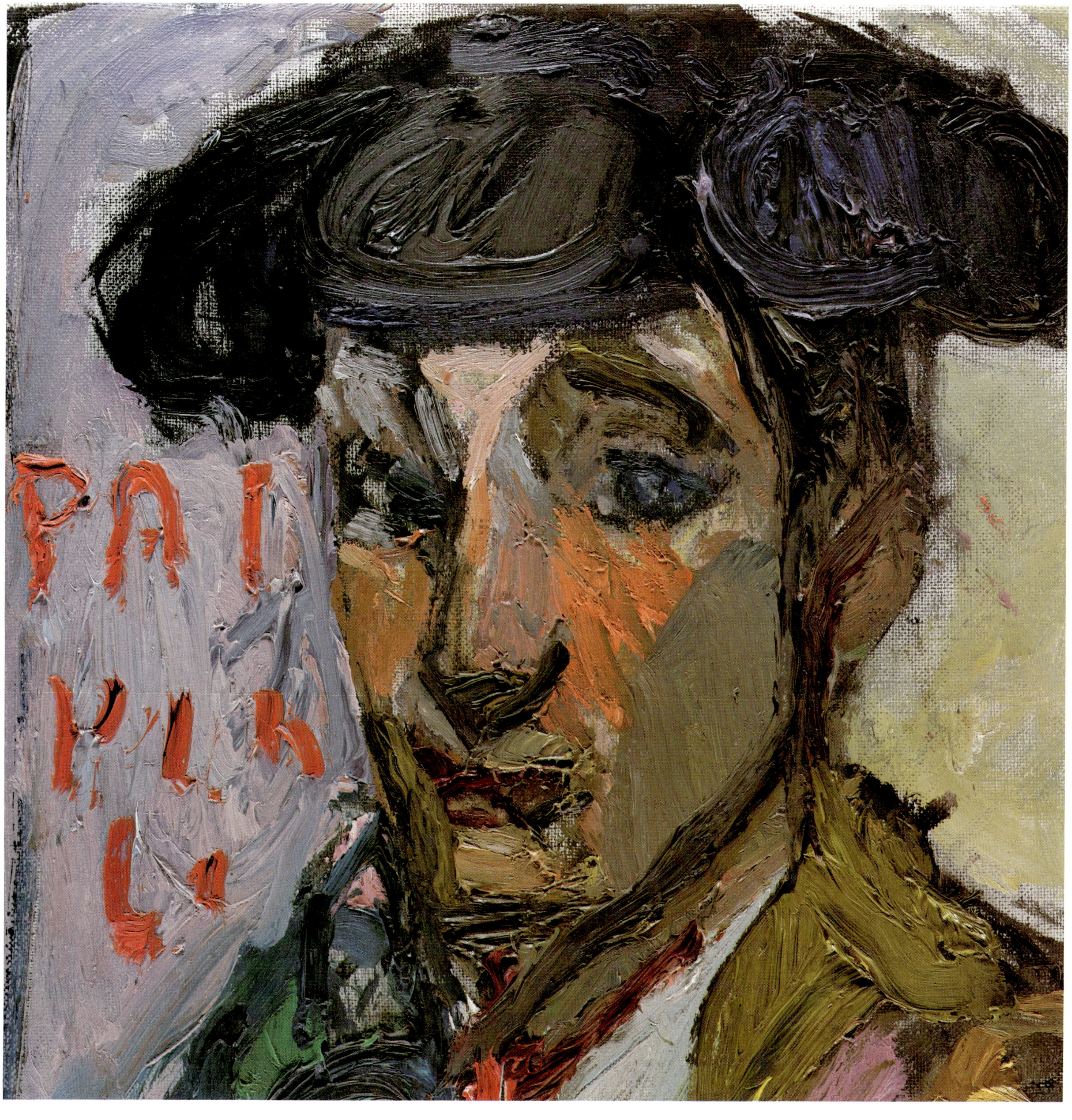

48

Konsequente Abstraktion
Cornwall/Irland, 1958–60

Mit ihren Fahrten nach Cornwall und Irland verliessen die Falks die mittelmeerisch-orientalische Welt, von der sie sich schliesslich übersättigt fühlten; sie gelangten nun in einen unwegsameren, weniger bekannten historischen Raum. Die äussersten Marken ihrer Reise hiessen beispielsweise «Land's End» (ein bemannter Leuchtturm bei Sennencove an der nordwestlichen Küste Cornwalls) oder Achill Head, der äusserste Zipfel von Achill Island, einer öden Insel und gleichzeitig einer der westlichsten Punkte von Irland, durch 5000 Kilometer Ozean von der Neuen Welt getrennt. Falk zeigte wiederholt eine Vorliebe für die Situation des Finis Terrae, für letzte Aussenposten der Zivilisation (Stromboli sollte später nicht viel anders erlebt werden), vermutlich als Gegengewicht zur dichtbevölkerten, wohlgeordneten Schweiz, wo es kaum Freiräume, keine weissen Flecke in der Kulturtopografie gibt. Zweifellos wurde Falk auch von der geheimnisvollen Geschichte des keltischen Raumes angezogen, von den steinernen Zeugen der Megalithkultur und den christlich-heidnisch anmutenden High Crosses; aber mehr faszinierte ihn der noch unverhüllte Lebenskampf der Bewohner gegen Armut und gegen eine unwirtliche Natur. Stark berührten ihn in Irland die zahlreichen Dead Villages, die zum Beispiel als Folge der Hungersnot im Jahr 1848 — der Koloradokäfer hatte die Kartoffelfelder zerstört — verlassen worden waren. Betroffen war er von dem in der Bevölkerung verbreiteten Traum, dass Irland trotz Arbeitslosigkeit, Bildungsnotstand und Trunksucht in einem nächstens anbrechenden Golden Age zu neuer Grösse erwachen werde wie einst zur Zeit der frühchristlichen Klosterkultur. Nie wird Falk die endlosen, jetschwarzen, aber in den Farben auch stets wechselnden Torfmoore vergessen, ein Eindruck, der sich in manchen Bildern und schon in ihren Titeln wie «Torfbrand» oder «Der Torf blutet weiss» (siehe Abbn. 28, 27) niedergeschlagen hat. Das Meer war hier anders als zwischen Europa und Afrika, weder blau noch ein ruhiger opalener Spiegel noch «purpurn» (wie es Homer besungen hat). Hier türmte es sich «in treppenartigen Sturmbauten», brach es sich im Sturm als «schleimiger Auswurf» an den Küsten. Nach der festgefügten Tektonik der Mittelmeerländer sah sich Falk einer «Grenzenlosigkeit» und einem «grenzenlosen Rhythmus» der Fluten gegenüber. Vor solcher ungebändigten Szenerie schrieb er ins Skizzenbuch: «Nie wieder Ausschnitte malen, es gibt keinen Ausschnitt, nur im Sucher der Kamera.» Damit nahm er vom figurativen Impressionismus endgültig Abschied. Er würde nie mehr ein Bild wie «An der Mole» (1946) malen wollen. Es ist «gublerisch» und grundsätzlich noch als Ausschnitt empfunden, obwohl die festen Horizonte bereits zu weichen beginnen.

Begegnungen

Vielleicht hätte sich die Überwindung betont schweizerischer Sonderlösungen, die, an der gesamteuropäischen Kunstszene gemessen, als bereits historisch-rückgewandt anmuten mussten, nicht so rasch vollzogen, wenn Falk in Cornwall nicht mit Alan Davie und mit den Vertretern der Schule von Saint Yves in Berührung gekommen wäre. Unter den letzteren schuf Barbara Hepworth offene Hohlformen in Holz und Metall. Sie versuchte, zuerst unter dem Einfluss von Henry Moore, eine uralte, chthonisch-mütterliche Symbolik in eine moderne plastische Form zu bringen. Andere Vertreter der Saint Yves School loteten mit ihrem «imaginären Expressionismus» (so nennt ein Kritiker etwa die Schaffensrichtung von Peter Lanyon) einen Bereich aus, der durch Europäer wie de Staël, Appel und Soulages, durch Amerikaner wie Motherwell, de Kooning und Pollock (dieser vor 1946) vorgezeichnet war. Falk war für diese Begegnung nicht unvorbereitet. Der Galerieinhaber Charles Lienhard, dem Zürich in den fünfziger Jahren und später wichtige Impulse verdankte, zeigte ihm vor der Abreise Bilder von Le Brocquy und Alan Davie. Mit letzterem sollte Falk eine lange Freundschaft verbinden. Davies Einfluss auf ihn ist schwer abzuschätzen. Er hat Falk gelockert, aber er hat sich nie so ausgewirkt, dass dieser sich an Davies persönlichen Stil angelehnt hätte. Von Anfang an war es Falk jedoch klar, dass er – so seine eigenen Worte – einen «Maler von ihm bisher unbekannter Dimension» vor sich hatte. Davie malte nur etwa zwei Stunden im Tag, scheinbar mühelos, ohne die schweizerische Sorge um Perfektion, aus einer grossen inneren Sammlung, aus einer wachen Versunkenheit heraus. Er praktizierte Yoga und huldigte Zen-Ideen. Als grossartiger Schwimmer und Taucher (Falk stand ihm darin nur wenig nach) strebte er eine Art Vereinigung mit den Elementen an. Falk übernahm ähnliche Vorstellungen. So verwendete er für seine Bilder Bootslack, mischte ihnen in Irland Torf bei, identifizierte sich derart mit seiner Umgebung. Ihm schwebte vor, dass der Maler die Natur als Partner annehmen, mit ihr zusammenarbeiten müsse. Doch blieben solche Neigungen im Grunde Vorsatz und Sehnsucht. Nie ging er so weit wie Yves Klein mit seinen vom Wind und Regen «gemachten» Kosmogonien, den Falk 1962 kennenlernte. Erst in Stromboli hat er zuweilen Zufallseinflüsse von aussen akzeptiert. Aber schon in Cornwall und Irland geht er mit seinen Bildern sorgloser um. Er hütet sie nicht mehr wie «Originale», wie unwiederbringliche Kostbarkeiten, lagert sie zuweilen im Freien. Was er schulmässig erlernt hat, streift er nun rasch ab. Vor allem im «Aktinientraum» (siehe Abb. 24) macht sich ein tachistisches Dripping bemerkbar: Da und dort sind Pinselspritzer eingestreut, oder die Ränder der Flächenstrukturen fliessen in Gerinseln aus. Falk musste solche Freiheiten in einer langen Diskussion mit Rudolf Blum, einem seiner Zürcher Sammler, verteidigen. In zeitlicher Distanz allerdings erscheinen einem auch die Bilder von Cornwall/Irland ausgearbeitet und durchgestaltet. Und sie sprechen sich auch aus, manchmal sogar mit (gezügelter) Expressivität. «Was nicht ausgedeutet, ausgesagt wird, das Verschwiegene ist für das Verständnis wichtiger als das Gesagte, Beredte (Zen)» – diese Eintragung ins Skizzenbuch ist eher als gedankliche Vorwegnahme zu bewerten (siehe Abb. 29). Ich vermag den 1958–60 entstandenen Bildern kein «beredtes Verschwiegenes» zuzugestehen, es sei denn, Falk habe zu der Zeit die Verwandlung des Landschaftserlebnisses in kaum mehr gegenständlich interpretierbare Farb- und Formstrukturen bereits als ein «Verschweigen» empfunden. Was der Zurücknahme des Redens im Sinn des Zen entsprechen könnte, erfolgt bei ihm aber erst später, erst mit der weissmonochromen Gruppe von Stromboli und in den zuletzt in New York geschaffenen Werken von 1974 (vgl. Abbn. 60, 62, 63, 115, 116, 117).

Aufzehrung des Gegenstandsmotivs

Auf dem Ölbild «Fische» (siehe Abb. 9) von 1956 und auf der zwei Jahre später bereits in Cornwall entstandenen Zeichnung «Irdenes und knöchernes Gefäss» (siehe Abb. 23) sind die schon durch den Titel evozierten Gegenstände, wiewohl stark stilisiert, noch ziemlich deutlich zu erkennen. Dann aber setzt das ein, was René Huyges einmal mit einer glücklichen Formulierung «digestion du motif réaliste par le moyen plastique» bezeichnet hat. Die malerischen Mittel «verdauen» den Gegenstand, zehren ihn immer mehr auf. Falk schaltet jetzt mit Farben und Formen weitgehend frei, die Gliederung der Komposition folgt immer mehr immanenten Bildgesetzen. Die zusammengebackenen, ockerfarbenen und in verschiedenen Rot und Violett gesetzten Dreiecks- und Rundformen auf dem Bild «Zum Thema ‹Das Meer›» (siehe Abb. 20) mögen entfernt an Molenmauer, an Strandgeschiebe und Meergetier erinnern, zwingend sind solche Assoziationen für den Betrachter nicht. Die bisquitförmigen, hochroten, rotorangenen, ockrigen und schwarzen Farbparzellen von «Torfbrand» (siehe Abb. 28) geben sich zunächst einfach als ein Fleckengefüge zu erkennen. Man hat einen für den Postkubismus nach dem Zweiten Weltkrieg bezeichnenden Kompositionstyp vor sich, wie ihn Poliakoff und de Staël immer wieder gemalt haben. Erst der Bildtitel leitet den Betrachter auf einen bestimmten Vorstellungsbereich hin. Er denkt nun an regelmässig abgestochene Torfschollen und an ihr Glosen in der Feuerstelle, wenn sie als Brennmaterial verwendet werden. Auffällig sind knochenweisse Formen, etwa in «Zum Thema ‹Das Meer›» und «Aktinientraum» (siehe Abbn. 20, 24), auffällig als optisches Signal, als Farbakzent. Die Herkunft dieser Gebilde ist ungewiss; die Frage, ob sie von einem Sinneseindruck, von einer Erfahrung der Aussenwelt herrühren oder ob der Künstler sie nur deswegen hingemalt hat, weil sie ihm für den Aufbau und Zusammenhalt des Bildes erforderlich schienen, kann nicht entschieden werden. Dass hier tatsächlich immer noch ein sinnliches Erlebnis mit im Spiel war, erschliesst sich nur dem, der unterrichtet wurde, dass Falk im Fischermuseum von Penzence (Cornwall) die Fossilien studiert hat und dass man im irländischen Torfmoor immer wieder auf bis zum Skelett abgezehrte Tierkadaver stösst. Andere Formen lassen sich im grösseren Zusammenhang schliesslich doch noch als gegenständliches Motiv identifizieren. Die vertikal gereihten, dunklen Gebilde im linken Bilddrittel von «Der Torf blutet weiss» (siehe Abb. 27) erweisen sich als Gefäss- und Flaschenformen, wenn man sie mit Falks erstem erhaltenen Bild von 1935 (siehe Abb. 4) vergleicht. Ganz ähnliche Formbildungen wird man auch auf einzelnen Werken von Stromboli, zum Beispiel auf einem 1960 (siehe Abb. 32) entstandenen, wiedererkennen. Mehr schattenhaft und eher am Rande scheint hier auf, was Barbara Hepworth in ihren Plastiken versucht hat: die Beschwörung des mütterlich Bergenden.

Hohe Abstraktionsstufe

Eingedenk dessen, dass selbst der detailgetreuste Naturalist gezwungen ist, von der ihm gegenüberstehenden Wirklichkeit zu abstrahieren (also «wegzunehmen» und zu verdichten), möchte ich die von Falk in Cornwall/Irland erreichte Gestaltungsstufe, bei welcher die Bildorganisation weitgehend immanenten Gesetzen gehorcht und gleichzeitig vermehrt von den subjektiven Entscheidungen des Malers abhängt, als «konsequente Abstraktion» bezeichnen. Zwar war zu zeigen, dass «Impressionen», dass das Landschaftserlebnis bei Falk auch jetzt noch mitbeteiligt ist; aber der malerische Vollzug hat das gesehene Motiv gleichsam verschlungen, bis zur Unkenntlichkeit umgesetzt. Diese konsequente Abstraktion leitet zu Stromboli über. Hier wird dann die in Cornwall/Irland noch weitgehend die Fläche füllende und sie verspannende Komposition nach und nach aufgebrochen. Falk malt in Stromboli aus einer anderen Temperamentslage, nämlich aus der Erregung, ekstatisch. Aber selbst auf der Äolischen Insel werden Bilder entstehen, die auf ein bestimmtes Erlebnis und auf eine bestimmte Umwelt antworten und die noch gewisse «Motivtrümmer» mitführen. Deswegen geht es streng genommen auch da nicht an, Falk als einen Maler der reinen Ungegenständlichkeit einzustufen.

19 Zum Thema «Das Meer», 1958, Kohle/Papier, 64 × 76 cm

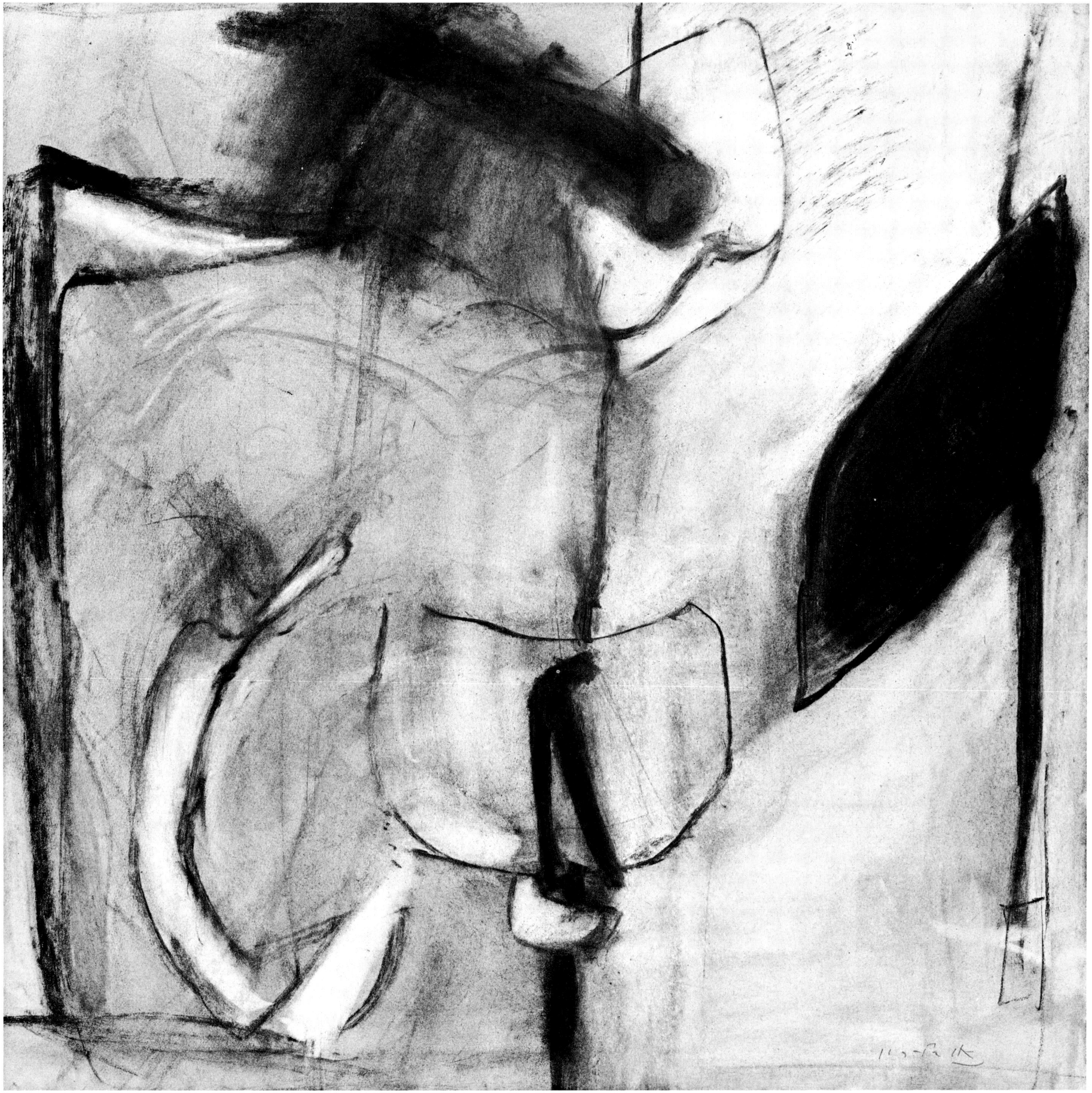

20 Zum Thema «Das Meer», 1958, Öl/Lack/Papier, 44×63 cm
21 Zum Thema «Das Meer», 1959, Öl/Lack/Papier, 70×77 cm

55

22 Kesselmoor, 1959, Öl/Lwd, 72×91 cm

23 Irdenes und knöchernes Gefäss, 1958, Kohle/Papier, 28×38 cm

20. Dezember 1959, Achill Island
Oft möchte ich ins Wasser malen! Zusehen, wie sich
die Farbe zu Tümpeln, farbigem, organischem
Leben weiterbildet. Nur noch den Moment des Aufhörens
bestimmen, Farbe zugiessen, wodurch das Bild,
nun losgelöst von mir, weiterleben würde. Nie wieder
Ausschnitte malen! Es gibt keinen Ausschnitt —
nur im Sucher der Kamera.

24 Aktinientraum, 1959, Öl/Lwd, 97×144 cm

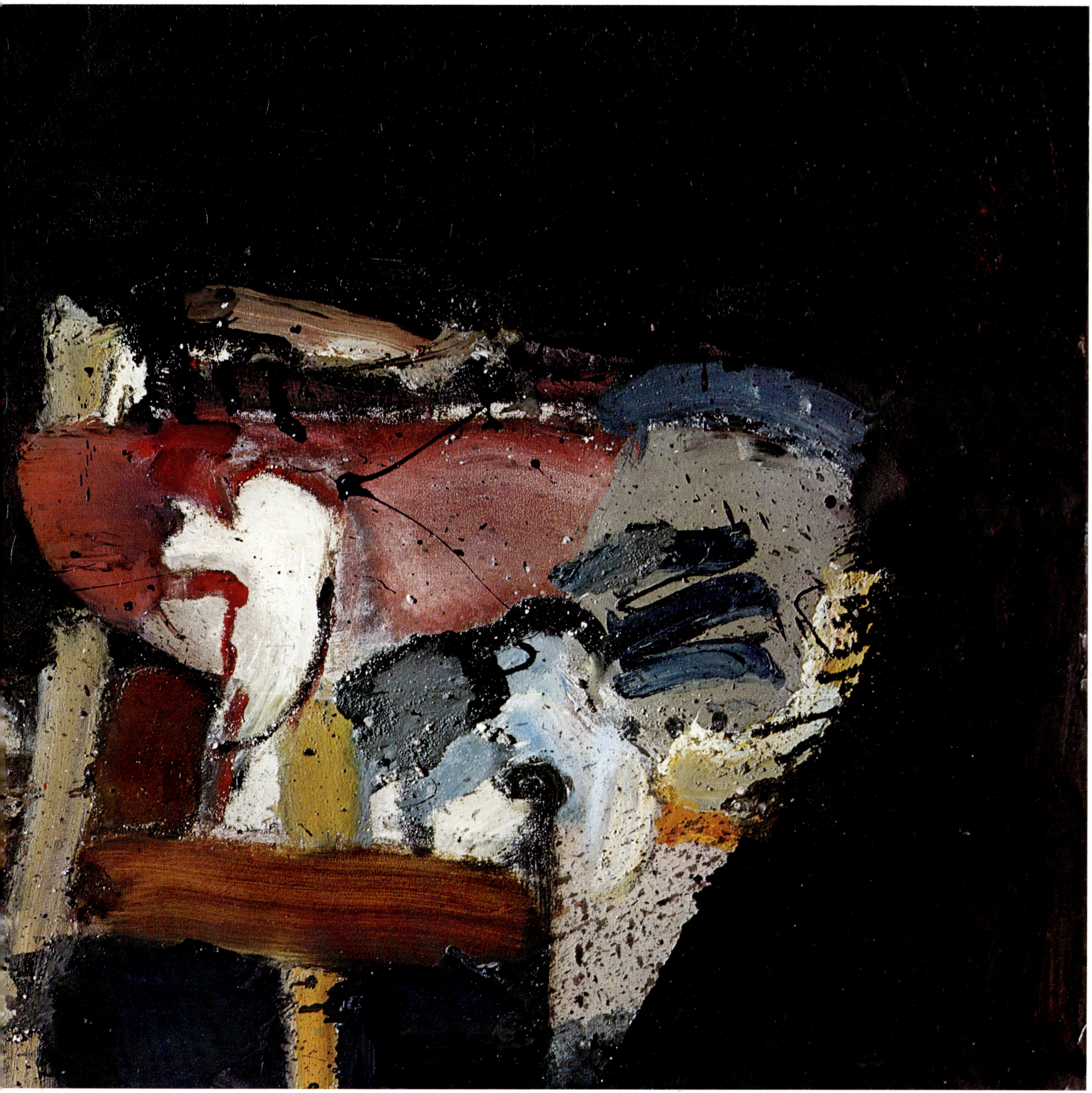

25 Irland, 1959, Tusche/Papier, 47×63 cm

26 Irland, 1959, Tusche/Papier, 47×63 cm

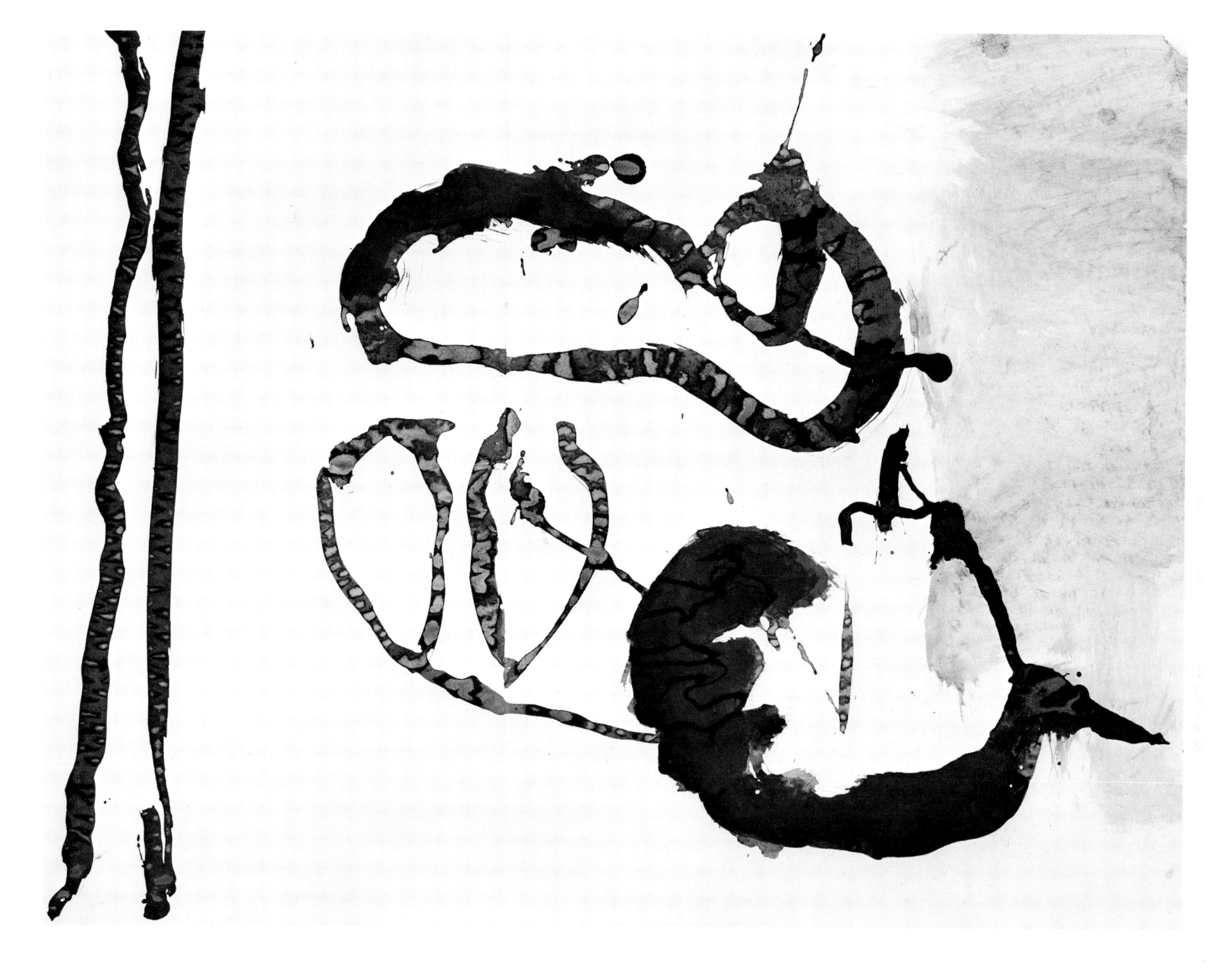

27 Der Torf blutet weiss, 1960, Öl/Lwd, 97×143 cm

28 Torfbrand, 1960, Öl/Lwd, 82×96 cm

29 Achill Island, 1960, Kohle/Collage/Papier, 24×29 cm

30 Achill Island, 1960, Tusche / Kreide / Dispersion / Papier, 42×57 cm

31 Gaelic light, 1960, Öl/Lwd, 94×132 cm

32 Irland-Stromboli, 1960, Öl/Lwd, 30×46 cm

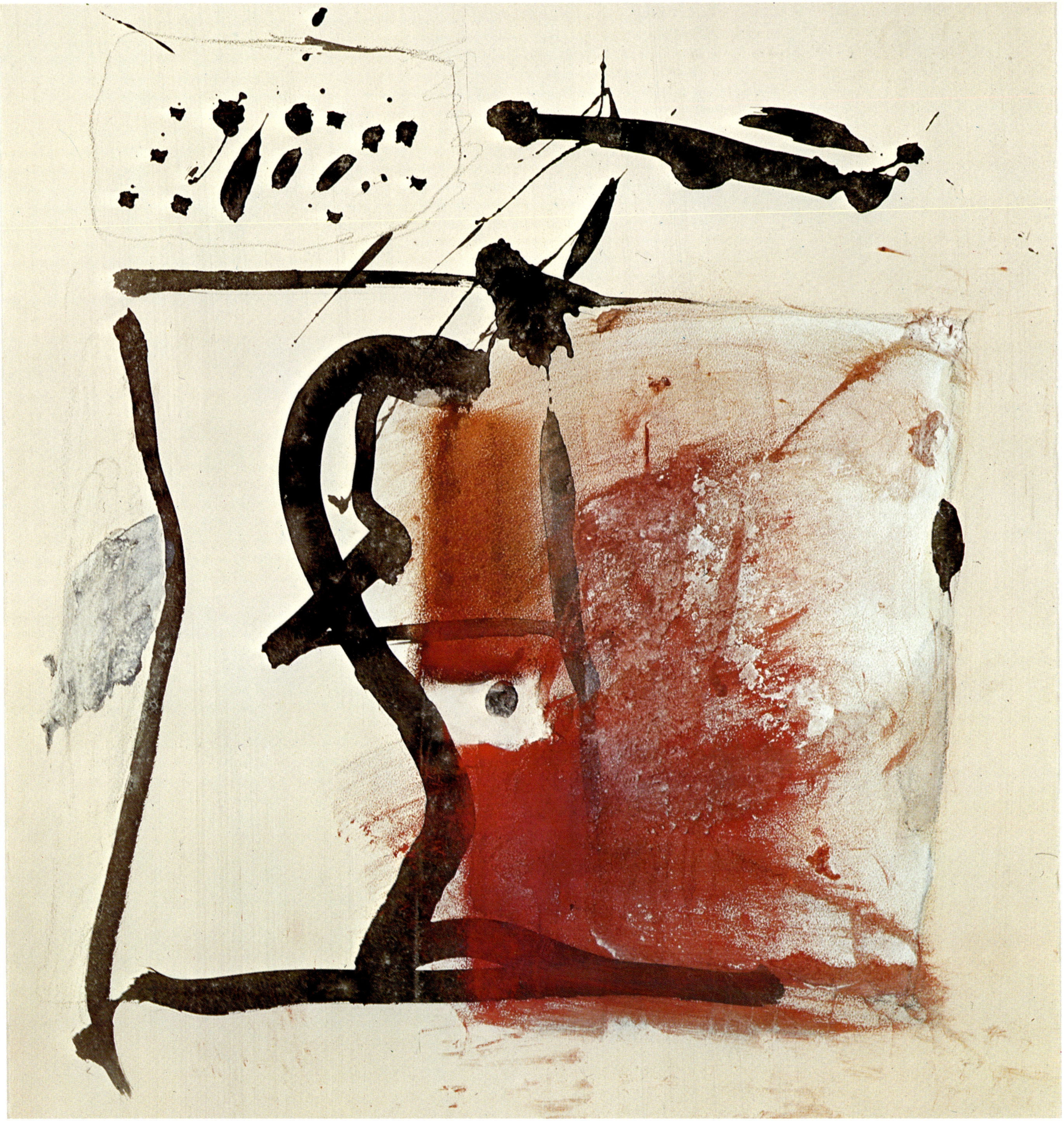

Die Zeit des Informel
Stromboli 1960–68

Die Falks fassten den Entschluss, nach Stromboli überzusiedeln, rasch und sozusagen instinktiv. Sie fassten ihn 1959 im stürmischen, verhangenen Winter von Achill Island. Sie waren ursprünglich hiehergekommen, weil sie des Mittelmeerhimmels und des milden Klimas überdrüssig geworden waren; jetzt sehnten sie sich wieder nach solchen gemässigten Verhältnissen. Ausserdem waren zwei Zeitschriften nach Doagh geflattert, und in denen gab es Dinge über Stromboli zu sehen und zu lesen, welche die Erwartungen noch mehr anspannten. Der Architekt Benedikt Huber hatte im «Werk» Photographien und Grundrisszeichnungen des äolischen Hauses veröffentlicht, und in «Aujourd'hui» waren einige Photos abgebildet, welche das «Geheimnis» Stromboli gleichsam zusammenfassten. Da war die Sciara, die zum Meer abstürzende Lavastrasse des immer noch tätigen Vulkans, zu sehen, ferner ein für die Insel typisches Gefäss und ein frei aufragender, abbröckelnder Säulenstumpf, der einst das Vordach eines Hauses getragen hatte. In der Tat sollte später die Sciara als dunkelrotbrauner Farbstrom oder als Verkrustung immer wieder auf Falks Bildern anwesend sein und nun gleichsam das irländische Moor ersetzen.

Auch Gefäss und Säule erwiesen sich als vorweggenommene Symbole von Stromboli, als Ausdruck des Gegensatzes zwischen dem bergend-bewahrenden Weiblichen und dem aggressiven Phallisch-Männlichen. Diese beiden Mächte beherrschen die Insel in erstarrter, fast mythischer Überhöhung. Sie tauchen im Zusammenhang von Falks neuer Bilddramatik als polare Zeichenrelikte auf, aber auch sein privater Lebenskreis sollte von erotischen Spannungen erschüttert werden.

Das karge Stromboli hat dem Künstler viel gegeben: einen neuen Aufschwung und einen gewandelten persönlichen Stil, den man als Beitrag zur damals internationalen Strömung des Informel oder Tachismus, des Action Painting oder abstrakten Expressionismus umschreiben mag (der interne Streit über die Bedeutungsschattierungen dieser Begriffe soll uns hier nicht beschäftigen), der aber durch Falks «konsequente Abstraktion» in Cornwall/Irland allmählich vorbereitet worden war. Man darf die Stromboli-Phase des Künstlers als einen seiner fruchtbarsten, reichsten, überzeugendsten Abschnitte in seinem bisherigen Gesamtwerk ansehen.

Falk gehört im Zusammenhang der «westlichen» Entwicklungsgeschichte der Kunst nach dem Zweiten Weltkrieg durchaus zur «tachistischen Generation». Die Amerikaner Jackson Pollock (1912 geboren) und Franz Kline (1910 geboren) sind nicht entscheidend älter als er, Mathieu, Vedova, Sonderborg (um drei Europäer zu nennen) nicht wesentlich jünger. Dennoch ist Falk aus Gründen der eigenen Lebenssituation und Entwicklung (sie wurden im ersten Teil dieser Darstellung erörtert) mit rund zehn Jahren Verspätung zu dieser künstlerischen Strömung gestossen — und er hat sie später auch wieder verlassen.

Parallel zum erneuten künstlerischen Aufschwung in Stromboli verlief das Familienleben so glücklich und harmonisch, wie Falk es nach eigener Aussage vorher nicht gekannt hatte. Dann aber, nach der ersten Stromboli-Halbzeit, trat eine andere Frau in seinen Gesichtskreis, folgte ein Abschnitt erotischer Verwirrung und Leidenschaft, gepaart mit der schmerzlichen Ablösung von Charlotte, die dann schliesslich in der Ehe mit Yvonne Heinl im Jahr 1968 ihre Klärung erfuhr.

Die Insel der sieben Winde

Stromboli liegt mit seinen dreizehn Quadratkilometern nördlich von Sizilien im Tyrrhenischen Meer und gehört zur Gruppe der Liparischen Inseln. Italien endet hier noch nicht ganz, und schon beginnt auch ein wenig Afrika. Bereits die Phönizier und die Griechen haben die Inseln angelaufen oder besiedelt. Odysseus soll hier vorbeigekommen sein, wobei seine Kampfgefährten den Ledersack des Windgottes Äolus öffneten, so dass die darin gefangenen Stürme entwichen, die den Helden rasch nach Ithaka hätten bringen sollen. Daher heisst die Gruppe auch Äolische Inseln und Stromboli in poetischer Umschreibung die «Insel der sieben Winde.»

Das Dorf zieht sich mehr als einen Kilometer hin. Im Schatten der beiden überdimensionierten Kirchen haben sich, mit dem Katholizismus vermischt, heidnische Bräuche (zum Beispiel im Zusammenhang mit Sterben und Bestattung) zäh erhalten. Die Frauen flechten auf den Palmsonntag Kreuze und drücken in die Weihnachtskrapfen Formen wo in beiden megalithische Geometrie sich fortsetzt. Aus Furcht vor Seeräubern war die Insel noch in der Mitte des 19. Jahrhunderts nur zur Zeit der Olivenernte bewohnt, die Menschen kamen von Lipari hinüber. Heute ist Stromboli entvölkert, etwa 270 Einwohner leben kümmerlich, leben vom Tourismus oder vom Geld, das ihnen nach Australien ausgewanderte Verwandte schicken. Halbverhungerte, falbe Hunde («cane di luna») streunen herum, arme Vettern der auf ägyptischen Reliefs dargestellten Palastgenossen.
Den Vulkan bezeichnen die Geologen als «gutartig». Dennoch ruft er sich, mindestens dem Fremden, dauernd als Bedrohung in Erinnerung. Die Erde kommt nie ganz zur Ruhe, die Eruptionen erfolgen unregelmässig, manchmal alle vierzehn Sekunden. Jede Woche ein Schiff vom Festland, das draussen vor Anker gehen muss, denn die Küste eignet sich nicht für eine Hafenanlage; überhaupt liegt die ehemals blühende Schifffahrt darnieder. Das Trinkwasser muss eingeführt oder der Regen in Zisternen gesammelt werden. Keine Zivilisation, keine Elektrizität, aber Hitze, jeden Tag der makellose, der unbarmherzige Ball der Sonne. Aber nicht nur der Scirocco, auch der Fatalismus (die Noia) und eine gestaute, unerlöste, durch die Kirche schwer tabuierte Erotik peinigt die Insel. Die Frauen gehen schon als junge Mädchen schwarz gekleidet; sie sind ganz ans Haus gefesselt. Ihnen bleibt die religiöse Hingabe, die sich immer wieder zur Verzückung steigert oder die in Hysterie umschlägt. Fremde Freier — und die Fremde beginnt schon in Lipari — sind nicht erwünscht.

Die jungen Männer machen Jagd nach blonden Touristinnen. Dieser Donjuanismus wird zwar verachtet, und doch geniessen die geschicktesten Verführer geheime Verehrung.
Falk begann 1963 sein Haus zu bauen. Er hatte es als Ruine erworben und stellte es nach und nach in seinem alten Zustand wieder her. Es war schon fast als Sühnegeschenk an Charlotte gedacht, weil es bereits Yvonne in seinem Leben gab. Später hat er erfahren, dass hier Roberto Rossellini und Ingrid Bergmann sich ihrer verbotenen Liebe hingaben.

Das Atelier: Fluchtort und Tanzplatz

Falks Atelier, in dem die wichtigsten Bilder der Stromboli-Zeit entstanden, war ein zur Ruine zerfallenes Haus, eingesenkt in eine Wildnis von Gestrüpp (siehe Seite 76). Von dieser ehemaligen Wohnstatt ist ein rechteckiges Geviert übriggeblieben, nur noch vom Himmel überdacht und ohne die vierte, dem Meer zugekehrte Wand. An deren Stelle erhebt sich ein Geröllwall, über dem das Meer noch einen Fingerstrich sichtbar wird. Im Innern eine versiegte Zisterne: in der Tat eine chthonische Stätte (zwar von den Göttern verlassen; doch sind sie als «élément néant» noch spürbar). Hier also musste «es» sich ereignen.
Vor allem schützte ihn dieses verborgene Atelier vor Störungen. Es genügte manchmal, wenn ihn ein Fremder oder Einheimischer ansprach, und schon war er aus dem Tritt geraten. Er duldete eine einzige Unterbrechung — ein Klappern der Zoccoli kündete sie schon von weitem an: Falks Söhnchen Kotscho brachte die ausgewaschenen Pinsel.
Ein anderer Tachist, der Franzose Georges Mathieu, verhielt sich auf den ersten Blick genau entgegengesetzt. Während Falk sich verkroch, produzierte er sich wiederholt vor grossem Publikum. Dieses Schaumalen, so erklärt es Mathieu selbst, sei mit dem Auftritt eines Stierkämpfers vergleichbar. Indem er sich wie dieser einem richtenden Publikum ausliefere, gelange er über sich selbst hinaus; unter solchem Druck sei er imstande, ein noch unbekanntes Form- und Zeichenarsenal aus seiner seelischen Tiefe zu holen. Er bezeichnet diese peinvolle Grenzüberschreitung als «Ästhetik des Risikos». Bei Falk werden wir, wenn auch ohne Mathieus Exhibitionismus, einer verwandten Haltung begegnen, nämlich der Neigung, Gefahren herauszufordern, um sich dabei als Maler ein Letztes abzuverlangen.
Falk hatte keine Staffelei, selten heftete er die Leinwand an eine Mauer, meistens breitete er sie auf dem Boden oder auf Malerböcken aus, um (wie Pollock es schon für gut hielt) «immer im Bild zu sein». Vorschnellend und zurückweichend, die Bildfläche wie im

Tanz umkreisend, bedeckte er sie mit Zeichen und Farbflecken, aber auch mit allerlei zufällig vorgefundenen Materialien.
Wie immer litt Falk Qualen, bis er imstande war anzufangen, bis er die entsetzliche Leere der Leinwand mit einer ersten Markierung durchbrochen hatte. Dann aber, wenn er mit fortschreitendem Arbeitsgang selbstvergessen und doch ganz «bei sich» war, konnte sich alles wie von selbst fügen, eine Form rief nach der anderen, ein Bild, kaum begonnen, zog ein zweites, ein drittes nach sich. Die Arbeit steigerte sich zur Trance, zum Rausch, begleitet von Ausrufen, lautem Selbstgespräch. Mittagsstille und Mittagssonne — oft als Schwärze vor den Augen gaukelnd — wurde schliesslich nicht mehr wahrgenommen. Ihr Nichtmehrvorhandensein diente Falk als Beweis, dass nun die unverlierbare innere Sammlung erreicht war.

Nichtfiguration und Gegenständlichkeit

Diese ekstatische Schaffensweise, bei Falk durch die besondere Situation auf der Insel mitverursacht, wird von vielen Action Painters bezeugt. Sie erst setzte die «tachistische Generation» in die Lage, die Formkonventionen der klassischen Moderne, die als drückendes Erbe empfunden wurden, aufzubrechen oder umzuschmelzen. Merkwürdigerweise aber erscheint im zeitlichen Rückblick Falks Informel bei aller Heftigkeit nicht als zügellos, auch nicht als obsessionell, vielmehr häufig als delikat, obwohl kein Zweifel besteht, dass es in ähnlicher Erregung wie bei einem Mathieu oder Pollock entstanden ist. In ihrer grundsätzlichen Machart jedoch sind die Stromboli-Bilder den Hervorbringungen all der vielen Informalisten oder Tachisten durchaus verwandt. Sie weisen das auf, was Michel Tapié, sich auf Mathieu berufend, die Nicht-Nicht-Form genannt hat. Diese erscheint nicht als genau umgrenztes Gebilde, schon gar nicht als ausgereift-kristalline Prägung, noch als tektonisch-geometrisierende Struktur, sondern — das alles transzendierend oder aber unterlaufend — als offenes Potential, als Formkeimling, Spur, Ablagerung oder auch als Zerstörung, Riss, Schrunde, Verletzung. Auch Metapher und Symbol sind nicht klar ausgeprägt, sondern fliessend, wie im Flug erhascht, verzuckend, verglühend. Dennoch bleiben sie im doppelten Sinn «aufgehoben», gleichsam auf der Schwundstufe, flüchtig hingekritzelt, im noch nicht ausgekühlten, sozusagen magmatischem Zustand: etwa als Kreuz, Schlinge, Spirale, als kalligraphisches oder phallisches Zeichen, Höhlung oder Höcker als Andeutung des Weiblichen (vgl. Abb. 43).
Auf einem der letzten in Stromboli entstandenen Bilder von 1968, das den inoffiziellen Titel «Ateliergeheimnis» (siehe Abb. 64) trägt, heben sich wiederum einzelne «Gegenstände» deutlich ab, auch wenn sie sich nicht näher identifizieren lassen. Es ist, als ob sich in diesem Werk die Londoner Zeit bereits vorbereite, in der sich ja die Bildstruktur wiederum bis zu einem gewissen Grad gefestigt hat und in der aufs neue ein deutbarer Bildinhalt zur Darstellung gekommen ist. Aus diesen Gründen darf man wohl die paradoxe Formulierung wagen, Falk habe sich auch als nichtfigurativer Künstler nie völlig vom «Gegenstand» getrennt.
Um so eher, als er die Entfernung vom Gegenständlichen in der Malerei dadurch kompensierte, dass er ab 1964/65 Basaltsteine, nur wenig bearbeitet, zu kopfartigen Plastiken aufsockelte (vgl. Abb. 68, 70), dass er, einigermassen in der Tradition der Surrealisten, jahrelang gesammelte Gegenstände (z.B. Strandgut, Schwemmholz, vom Salzwasser vermoderte Heiligenfiguren aus Papiermaché, Möbelfragmente, Bootsteile, Taue, Gabel und Kamm, Überreste einer Weinpresse) zu trophäenartigen Montagen zusammenfügte. Als Kunstwerke waren ihm diese Objets trouvés nicht sehr wichtig, ausgestellt hat er sie nie. Manuel Gasser nannte sie einmal treffend seine Penaten. Indem Falk sie sammelte, sie verfremdend zusammenfügte und ihnen derart trotz ihrer Abgenutztheit und Verwitterung Geltung und Würde verlieh, kommunizierte er gleichsam mit dem Geschick der Insel und ihrer Bewohner, mit ihrem Zivilisationsrückstand, ihrer Armut an Rohstoffen und Produktionsmitteln. Falk macht mit seinen Objektmontagen eine Haltung sichtbar, die aus dem Mangel kommt und der «westlichen» Verbrauchermentalität entgegensteht. Werkzeuge und Gebrauchsgegenstände werden in Stromboli noch geehrt, weil sie nur mit Mühe hergestellt, meistens eingeführt werden und auf jeden Fall lange vorhalten müssen.

Die Insel als Vision

Anderseits hat Falk «seine» Insel nie wie ein Impressionist dargestellt als «coin de la nature à travers d'un tempérament». Nie hat er sie als mittelmeerisches Paradies aufgefasst. Die Ermahnung «Falk, sehen Sie denn den blauen Himmel und die Hibiskusblüten nicht?» hat er nicht befolgt. Blautöne — und vor allem solche, die eine Gedankenverbindung mit einem lachenden Himmel zuliessen — sind auf seinen Bildern ganz selten anzutreffen.
Ebensowenig hat Falk seine Farben und Formen durch Introspektion rein aus sich selbst geholt. Weil er das nicht getan hat, ist er, wenn auch mit knapper Not, einem extremen Subjektivismus und damit einer künstlerischen Gestaltung entgangen, in die der Betrachter (diese Gefahr besteht tendenziell beim Informel immer) beliebig alles und jedes hineinlesen kann. Zweifellos hat Falk zunächst sein Ich in seine informellen Bilder

ergossen, aber dieses Ich schlug sich stets als eines nieder, das sich «en situation» wusste, und die Situation hiess Stromboli. Tatsächlich ist diese Insel als Stimmung, ist das blendende Weiss der mit Kalk überstrichenen Häuser, sind Aschenregen und Dunstvorhang und die Eruption des Vulkans (übrigens analog zu Falks Schaffensvorgang), sind brütende Hitze und ausgeglühte Erde, aber auch Dumpfheit und Verzweiflung dieses Eilands ohne Zukunft in den Bildern eingefangen. Das Schilfrohr, welches den Bewohnern als Matte zur Isolation des Kamins und zum Einziehen von Wänden dient, ist als warmes Gelb anwesend; Fetzen von Zementsäcken, die das Wetter gebleicht hat, werden als Collage-Elemente ins Bild hineingenommen («Zement bedeutet in Stromboli Arbeit und moderne Welt»). Auch roter und schwarzer Sand und abgeblätterte Mörtelschichten werden auf den Bildträger gebracht. In Stromboli leben die Mauern: Das rieselt und zieht, bröckelt und erodiert, da huschen Licht und Schatten. Dieses geheime Leben ist am vernehmbarsten auf den stark zum monochromen Weiss neigenden, oft mit Rissen versehenen Bildern zu spüren. Kalk («für die Strombolaner wichtig wie Brot, als Bindemittel und weil damit die Häuser bis zu einem gewissen Grad wasserundurchlässig gemacht werden») erscheint als Spritzer und Kruste. Falk trägt ihn oft, von Rattendreck verunreinigt, mit den Händen auf. Einmal verbrennt er Zementsäcke, um einige Bilder rasch trocken werden zu lassen. Sie bekommen Brandstellen ab, die belassen werden; solche Spuren der Zerstörung akzeptiert der Künstler als Form. Auch wird der Bildträger durchlöchert, beim Zeichnen durchgerieben; es entstehen Schrunden, Kavernen, Löcher, hinterher unter Umständen als das Weibliche, als schützende Höhlung verstanden. Das Weiblich-Uterine taucht auch als gemalte oder gezeichnete Form auf, am deutlichsten in einer Kohlenzeichnung von 1968 (vgl. Abb. 65). Solche gestülpten, manchmal glockenähnlichen Bildungen sind von den auf der Insel typischen Feuerstellen und Backöfen angeregt. Daneben kombinieren sich phallische Formen mit dem Weiblich-Runden. Ein solches Phalluszeichen stösst auf einem Bild von 1961 (vgl. Abb. 50) in dessen unterem Drittel waagrecht und rotbraun in die Fläche, an seinem rechten Ende weisses Herabrinnen der Farbe; am linken, sich verjüngenden und ausfasernden Ende ebenfalls weisse Spritzer und Tröpfchen, darüber eine rosaweisse Parzelle. Sie umschliesst ein Stück eines Eikartons, der als Collage-Element eingesetzt ist: weibliche Zitzen.
Die farbig-formalen Spannungen des Bildes nehmen in den oben näher beschriebenen Zonen sexuellen Charakter an. Biographisch darf man das Werk als Vorwegnahme des erotischen Dramas verstehen, das Falk auf Stromboli erlebt hat. Die weissen Farbflüsse und kleinen Spritzer können als Entsprechung zum spermischen Erguss begriffen werden. Falks Tachismus offenbart sich hier deutlich als symbolische Triebabfuhr, als anale Bekleckerung. Es tritt damit ein Aspekt des Informel in den Vordergrund, den zum Beispiel die Wiener Aktionisten klar erkannt und in happeningartigen Veranstaltungen unmittelbar praktiziert haben.

Malen als Identifikation und Gegenwehr

Manuel Gasser schrieb im Katalogvorwort anlässlich der Ausstellung von 1966 in der heute nicht mehr existierenden Berner Galerie Haudenschild & Laubscher: «Ja, so stark waren die Anklänge an die ungestüme Natur des Vulkaneilandes, dass mir scheinen wollte, Falk habe für seine Bilder nicht gewöhnliche Farben, sondern Erden und Erze und die Säfte von Blättern, Blüten und Früchten seiner Insel verwendet.» Der Maler auf Stromboli als Alchemistenkoch, das trifft auch das Richtige, wenn man sich vor Augen hält, dass Falk schmerzliche Helligkeit und Mittagsstille, die unruhige, vom Vulkan ständig erschütterte Erde, die fast zur Geschichtslosigkeit erstarrte, vom heidnischen Fatum und Katholizismus bedrückte Existenzweise auf der Insel nicht nur in farbige und formale Entsprechungen umzugiessen versuchte, nicht nur in authentischen Materialien stellvertretend auf dem Bildträger präsentierte, sondern das alles auch bis zu einem gewissen Grad am eigenen Leib miterlebte und miterlitt. Auch die Alchemisten setzten die von ihnen bewirkten Vorgänge in der Retorte mit dem göttlichen Heilsplan und mit ihrem eigenen Sein und Werden in eine enge, zuweilen erlittene Beziehung. Wobei nun deutlich wird, wieweit sich Falks Verhalten (als das eines bewussten und «ungläubigen» Menschen des 20. Jahrhunderts) vom alchemistischen Agieren unterscheidet. Falk ging in der Identifikation mit seiner Insel und mit dem gestalterischen Akt, der es ihm ermöglichte, unter diesen fremden und schwierigen Lebensbedingungen zu bestehen, sehr weit — bis zur Selbstquälerei, bis zu selbstzerstörerischen Handlungen.
Er hat viele seiner Bilder, die ihm eben noch als gelungen erschienen, in einem Anfall von Zweifel mit Sand überstreut und so ausgelöscht. Solche Skrupelhaftigkeit ist auch von anderen Künstlern überliefert; sie ist als «Tradition» verhältnismässig leicht nachvollziehbar. Noch richtet sich hier der Zerstörungsakt nicht unmittelbar gegen die eigene Person. Dies trifft aber bereits zu, wenn Falk (was früher erwähnt wurde) sich der sengenden Sonne wie einer Prüfung aussetzte. Die Hausruine, welche als Atelier und Unterschlupf diente, um sich vor Neugierigen zu schützen, war in ihrer Baufälligkeit geradezu lebensgefährlich, und Falk hat um diese Gefahr gewusst und sie akzeptiert. Es stürzten

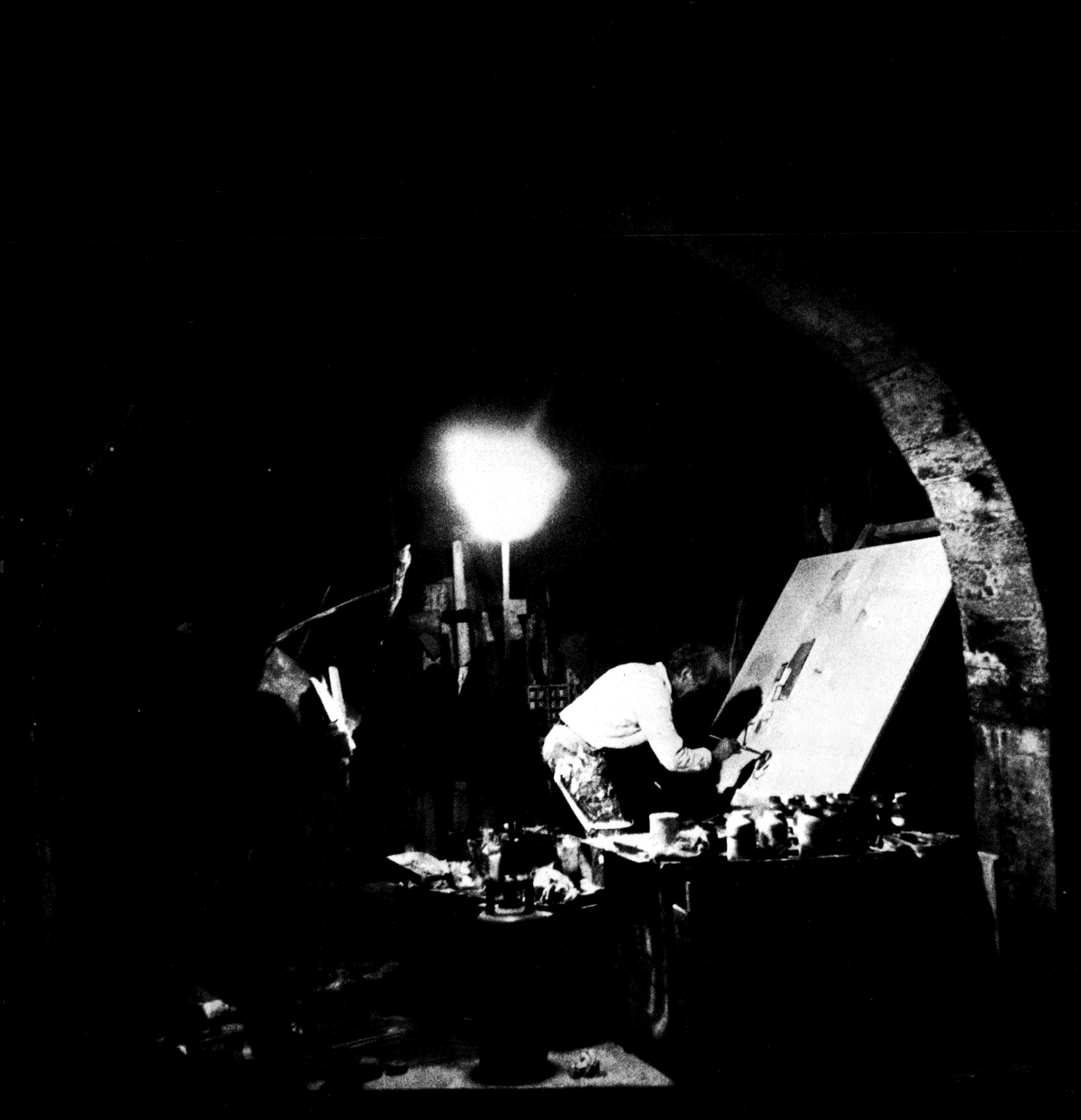

Atelier in Stromboli   Objekte auf Basaltstein, 1967, ⌀ 50 cm

Arbeitsplatz in Stromboli 1960 – 1968

Die Mauern meines Aussenateliers waren in grellem Mittagslicht weissen, das aufprallende Licht verzahnte sich mit den schwarzen Schatten, wie geschundene, zermarterte Haut. Kaum handbreit lief die schwarze Schattenlinie entlang dem Fussboden, die Restform eines einst bewohnten Hauses begrenzend. Dach und zwei der Seitenmauern stürzten ein. Den Schutt räumte ich weg und erhöhte den Erdwall der mir die Sicht zum blauen Meer versperren sollte.

Die Aussenwelt habe ich dadurch auf das Notwendige beschränkt und hier doch alles gefunden zum Fluss meiner Arbeit.

denn auch eines Tages — glücklicherweise in seiner Abwesenheit — grosse Teile der noch vorhandenen Dachreste herab. Das «Wühlen im Dreck», das Auftragen von Kalk und Sand mit der Hand führte zu Infektionen. Falk brauchte keine Palette, sondern mischte die Farben auf dem nackten Arm und Handrücken. So war er näher am Bild, fast eins mit der zu verwendenden Farbe; aber auch das verursachte Ekzeme auf der Haut. Zuerst malte er mit nacktem Oberkörper, dann ärgerte ihn die «touristische Bräune», so dass er nun stets im gleichen Leibchen und in den gleichen Hosen arbeitete, die allmählich zerfetzten und vor Farbe starrten. Er nannte seine Arbeitskleidung scherzhaft, aber doch mit verstecktem Pathos sein «traje de luz» (so heisst die Kampftracht des Stierkämpfers).

Die Frage lautet natürlich, warum sich Falk solchen Unbequemlichkeiten und Gefahren aussetzte, warum er beim Malen an Veranstaltungen festhielt, die, obwohl er ja dem Ritus misstrauisch gegenübersteht, nun doch fast rituellen Charakter annahm. Die bereits vorgebrachte Erklärung, dass sich der Künstler derart bis zum äusserst Möglichen mit einer fremden Lebensumwelt identifizierte, mag für die eine oder andere Verhaltensweise stimmen, genügt aber wohl nicht ganz. Vielmehr sind seine selbstquälerischen Handlungen auch als Auflehnung gegenüber der Insel zu verstehen, die er nicht nur als Chance für seine künstlerische Entfaltung, sondern auch als Ärgernis und Provokation kennenlernte. Mit der Auflehnung als einer wagenden Form der Selbstbehauptung ging gleichzeitig eine symbolische Selbstbestrafung zusammen, da er ja an Stromboli Armut und Unfruchtbarkeit, an der zivilisatorischen Zurückgebliebenheit und Schicksalsergebenheit seiner Bewohner nichts zu ändern vermochte. Zwei voneinander unabhängige Erlebnisse ziemlich am Anfang seines Aufenthaltes sollten sein gespanntes Lebensgefühl auf der Insel noch verstärken.

Im Jahre 1960 stiess Falk auf einen Knaben, der in eine Tonne gefallen war, in der man ungelöschten Kalk für den Hausanstrich lagerte. Der Junge verlor durch den Sturz das Augenlicht, der Kalk zerstörte die beiden Netzhäute; den Arzt hatte man zu spät herbeigerufen. Für Falk spiegelte dieser Unfall die Hilflosigkeit der Leute auf Stromboli, das aus ihrer Armut und Weltabgeschiedenheit resultierende Ungeschick, auf ein plötzliches und gefahrbringendes Ereignis rasch und geistesgegenwärtig zu reagieren. Er musste sich das Erlebnis dieser Verkettung unglücklicher Umstände, in die er selbst nicht helfend eingreifen konnte, sofort vom Leibe malen.

Es entstanden als unmittelbare Folge mehrere Bilder, die aber verschollen sind. Doch erinnert sich der Künstler, dass das Hauptbild viel Schwarz und zwei rundliche Eintiefungen aufwies, die ihm die noch frische Erinnerung an die bläulich verfärbten, verquälten Augäpfel des Knaben diktiert hatte. Er gab dem Bild den inoffiziellen Titel «Jokaste» («inoffiziell» deswegen, weil in den Ausstellungen die Stromboli-Bilder nur numeriert und mit dem Entstehungsdatum bezeichnet sind). Jokaste war die Mutter des Ödipus, die sich blendete, als sie erfuhr, dass sie ihren eigenen Sohn geehelicht hatte. Dieses Sagenmotiv ist insofern mit dem Unfall des Knaben in Beziehung zu bringen, als Falk dessen Erblinden und die Ergebenheit seiner Familie mit der Schicksalsgläubigkeit des antiken Menschen meinte vergleichen zu können. Er hatte jene fatalistische Haltung der Beteiligten kennengelernt, die man auf der Insel mit «noia» bezeichnet.

Ein figurativer Künstler hätte auf das Ereignis selbst näher eintreten, es in einem für andere lesbaren Bild festhalten können. Falk bereute jedoch keineswegs, dass er in diesem Zeitpunkt nicht auf figurative Mittel und Möglichkeiten zurückgreifen konnte. Es genügte ihm, auf den ihm nahe gehenden Unfall gestalterisch reagieren zu können.

Etwa ein Jahr später war Falk ergriffener Zeuge der Karfreitagsprozession, bei welcher dem Inselheiligen Bartolo eine Hauptrolle zukommt. Sie löste in ihm einen vielschichtigen Komplex widerstreitender Gefühle aus. Einerseits packte ihn die Echtheit und Ursprünglichkeit der ganzen Kulthandlung, die fromme, ja ekstatische Hingabe der Beteiligten. Gleichzeitig verurteilte er den Aberglauben, das an der technisierten Zivilisation Europas gemessene Unzeitgemässe des Ereignisses. Da war sie wieder — die Einfalt der Inselbewohner, die Noia, der einem geradezu magischen Bewusstseinsstand zugehörige Fatalismus, den ein aufgeklärter Mensch des 20. Jahrhunderts zurückweisen muss. Zudem brachen in ihm alte Ängste auf: die «dattelhafte Süsse» der Singstimmen vermischten sich mit einer Vorstellung von Inquisition und Folter, mit dem Geruch von Blut.

Aus diesem Anlass entstand eines der dichtesten Bilder der ganzen Stromboli-Zeit (vgl. Abb. 53). Der Künstler selbst hat dem Werk einige erklärende Hinweise gegeben, so dass ich seine Beschreibung knapphalten kann. Hat man die Reproduktion des Bildes vor sich, dann springt einem zunächst die «Nahtstelle» in die Augen, wo zwei grossangelegte Flächen, eine braungetönte links und eine graurosafarbene rechts, zusammenstossen und wo sich kleinere Farbflächen dramatisch stauen. Zum Beispiel erkennt man auf dieser nach links verschobenen Vertikalachse ein sich nach unten verlängerndes, stehendes Rechteck in hauptsächlich rotbrauner Farbe, dem weitere, sich überlagernde Rechtecke eingeschrieben sind. Diese rotbraune Parzelle bildet einen ersten Schwerpunkt der Komposition, sie zieht den Blick sofort an: Man assoziiert mit einem Blutsturz, wie Falk selbst mit Gewalt oder Folter. An diese Rechteckform schliesst links oben ein zweiter, konkurrierender Hauptakzent an, ein weisses, an den Rändern wie zerrissenes und eingebuchtetes Quadrat, dessen rechte untere Ecke ausfetzt oder ausrinnt, ins rotbraune Rechteck hineinfliesst. Falk sagt dazu, diese Weissform stehe für ein zerrissenes Schweisstuch. In der rechten Graurosafläche hat der Künstler zwischen zwei Formen (die obere ist von Falk als Markierung einer Uhr gedeutet, welche die Todesstunde Christi anzeigt) einige Nägel in die Leinwand getrieben, die am Original stärker auffallen als an der Reproduktion. Sie verletzen die Bildfläche, verstärken die Stimmung von Gewalt und erinnern ebenfalls an den Kreuzestod Christi und an Martyrium überhaupt. Die graugrüne Form am unteren Bildrand könnte als Altartisch gelesen werden. Das graurosafarbene, crèmige Feld insgesamt ruft Falks Formulierung von den Stimmen mit der «dattelhaften Süsse» ins Bewusstsein.

Ich halte dieses Bild für eine ungewöhnlich starke Arbeit; an ihr sind die Möglichkeiten und Grenzen des Informel beispielhaft abzulesen. Das Erlebnis einer Dramatik, von Gewalt, von erotisch getöntem Martyrium teilt sich direkt als Stimmung mit. Der genauere Kontext, das, was wirklich geschehen ist und den Maler zu diesem Bild herausgefordert hat, ist jedoch aus dem Werk selbst nicht zu erschliessen. Wir können davon nur etwas wissen, weil bestimmte Aussagen des Künstlers vorliegen.

34 Stromboli, 1960, Öl/Lwd, 132×188 cm

35 Stromboli, 1961, Öl/Lwd, 132×189 cm

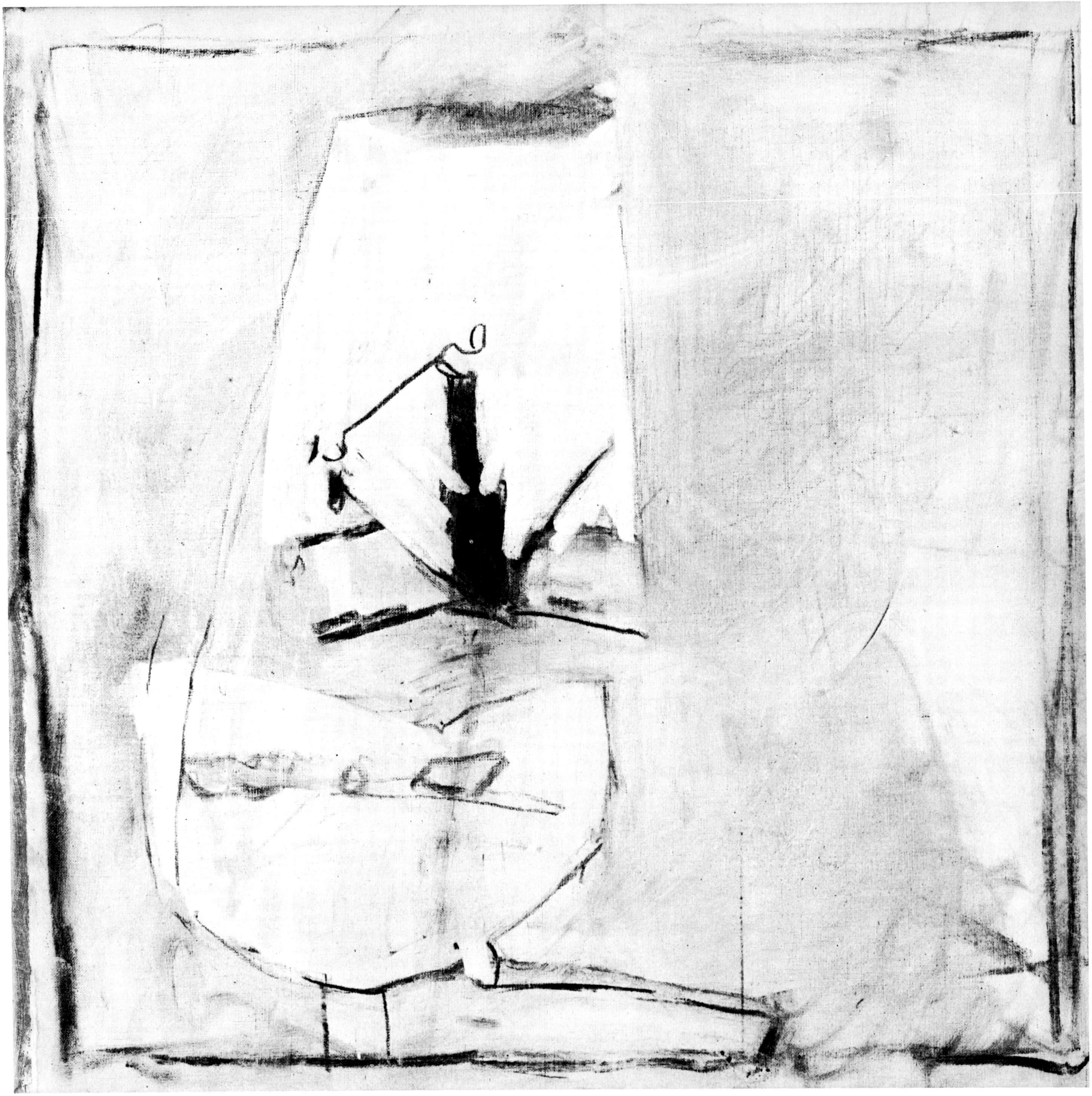

Stromboli ist für mich nicht Fluchtort, ich bin nicht aus der Zivilisation unserer mitteleuropäischen Gebiete geflohen. Hier fand ich mein Arbeitsklima.
Die Insel sehe ich als Schutt- und Aschenkegel, ausgeworfenes Gestein des tätigen Vulkans. Ruinen säumen die Küste. Das Dorf entvölkert sich, Jahr um Jahr emigrieren die Jungen, die Alten bleiben zurück. (Im Telephonbuch von New York findet man Spuren von ihnen, sie leben in Brooklyn.)
Fremde, Touristen, die für zwei Monate des Jahres die Insel bevölkern, sehen den blauen Himmel, die Vegetation, die tropisch wächst. Für meine Augen existiert dies nicht. Ich fühle die Angst. Nachts höre ich die schlurfenden Schritte meiner Nachbarin, sie tastet wie eine Blinde in ihren dunklen Räumen, ihr ganzes Leben brannte kein Licht in ihrem Haus. Sie fürchtet sich vor der Hölle, dem Vulkan. Ich fand zurückgelassene Briefe Ausgewanderter in ihren zerstörten Häusern, von 1895 datiert, sie sind als Dokumentfetzen, als Collage-Elemente in wenigen meiner Zeichnungen eingebaut.
Mein Arbeitsplatz ist ein graues Trümmerfeld. Ich arbeite unter offenem Himmel. Es regnet selten. Die pralle Sonne ist nicht erholend, ihre Intensität erreicht die Hitze der Wüste, welche ich kenne. Ihre Strahlen versengen, trocknen aus. Vom Gemäuer rieselt Mörtel, grosse Kalkinseln haften noch.
Die Insel hat kein Wasser, Wasserschiffe bringen es vom Festland. Es gibt kein Elektrisch. Die Nacht ist erholend.
Ich will hier durchhalten; in meinem Ruinenatelier finde ich die Konzentration.
Es ist für mich schwer, oft mehr als für den Aussenstehenden, meine Bilder mit den Mitteln des Wortes zu umschreiben. Meine Arbeitsweise ist direkt, ich fabuliere nicht. Was ich auszusagen habe, sage ich durch meine Bilder aus.
Stromboli 1964

36 Stromboli, 1962, Kohle/Lwd, 62×64 cm
37 Stromboli, 1963, Öl/Dispersion/Kalk/Lwd, 45×37 cm
38 Stromboli, 1961, Öl/Lwd, 66×94 cm

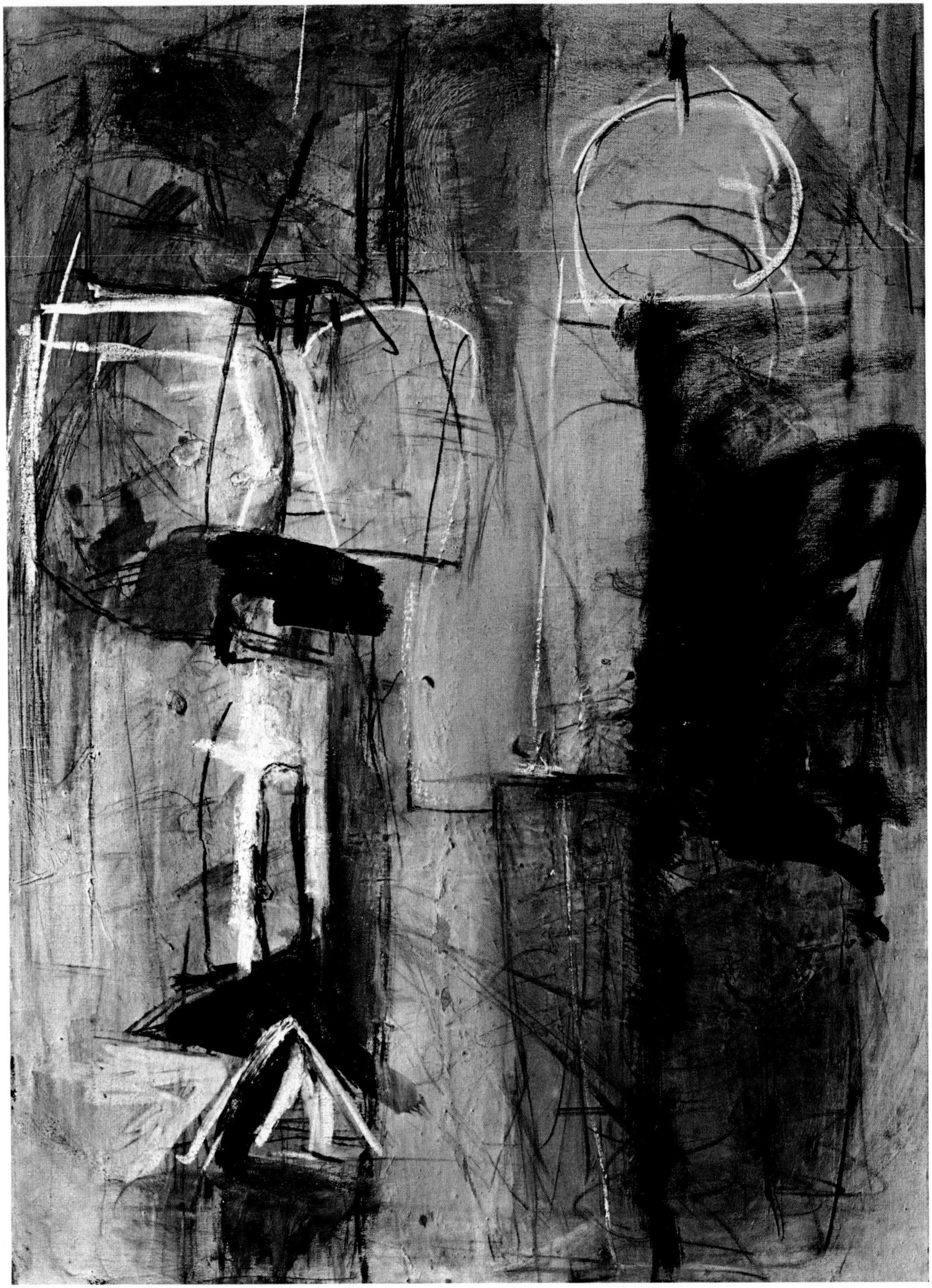

39 Stromboli, 1961
Kreide / Dispersion / Lwd, 96 × 70 cm
40 Stromboli, 1965
Öl / Collage / Lwd, 200 × 149 cm

41 Stromboli, 1961, Kohle/Papier, 46×61 cm

42 Stromboli, 1961, Öl/Lwd, 113×143 cm

43 Stromboli, 1965, Dispersion/Papier, 62×88 cm

44 Stromboli, 1961, Öl/Kreide/Collage/Papier, 83,5×64 cm

45 Stromboli, 1963, Kohle/Papier, 24,5×28,5 cm

46 Stromboli, 1963, Kreide/Papier, 24,5 × 28,5 cm

90

47 Stromboli, 1962
Öl / Collage / Kalkmörtel / Lwd
37 × 30 cm

48 Stromboli, 1962
Öl / Collage / Lwd
37 × 30 cm

49 Stromboli, 1961, Gouache/Papier, 50,5 × 66 cm

50 Stromboli, 1961, Öl/Collage/Lwd, 133×162 cm

51 Stromboli, 1965, Öl/Dispersion/Lwd, 135×165 cm

52 Stromboli, 1961, Öl/Lwd, 94×132,5 cm

*Dieses Bild ist entstanden nach der Karfreitags-Osterprozession.
Im rechten Bildteil stecken die Nägel, rostige Balkennägel,
zum Teil hängen noch Fäden dran (wie verlorene Haare
während der Marter). Links ein Strom von Weiss und Rot
(Blutspritzer, Blutläufe), das Weiss, zerronnenes Schweisstuch,
Markierung eines Zeitzeigers auf 3 Uhr gerichtet, Stunde
des Todes Christi. Aber von all dem hatte ich während des Malens
keinen Augenblick eine klare Vorstellung, und heute erinnere ich
mich hauptsächlich an das Dämonische der Prozession.*

53 Stromboli, 1961, Öl/Collage/Lwd, 113×143 cm

54 Stromboli, 1965, Dispersion/Papier, 75×103 cm
55 Stromboli «Triptychon», 1965, Dispersion/Tusche/Lwd, 128×91 cm (folgende Doppelseite)

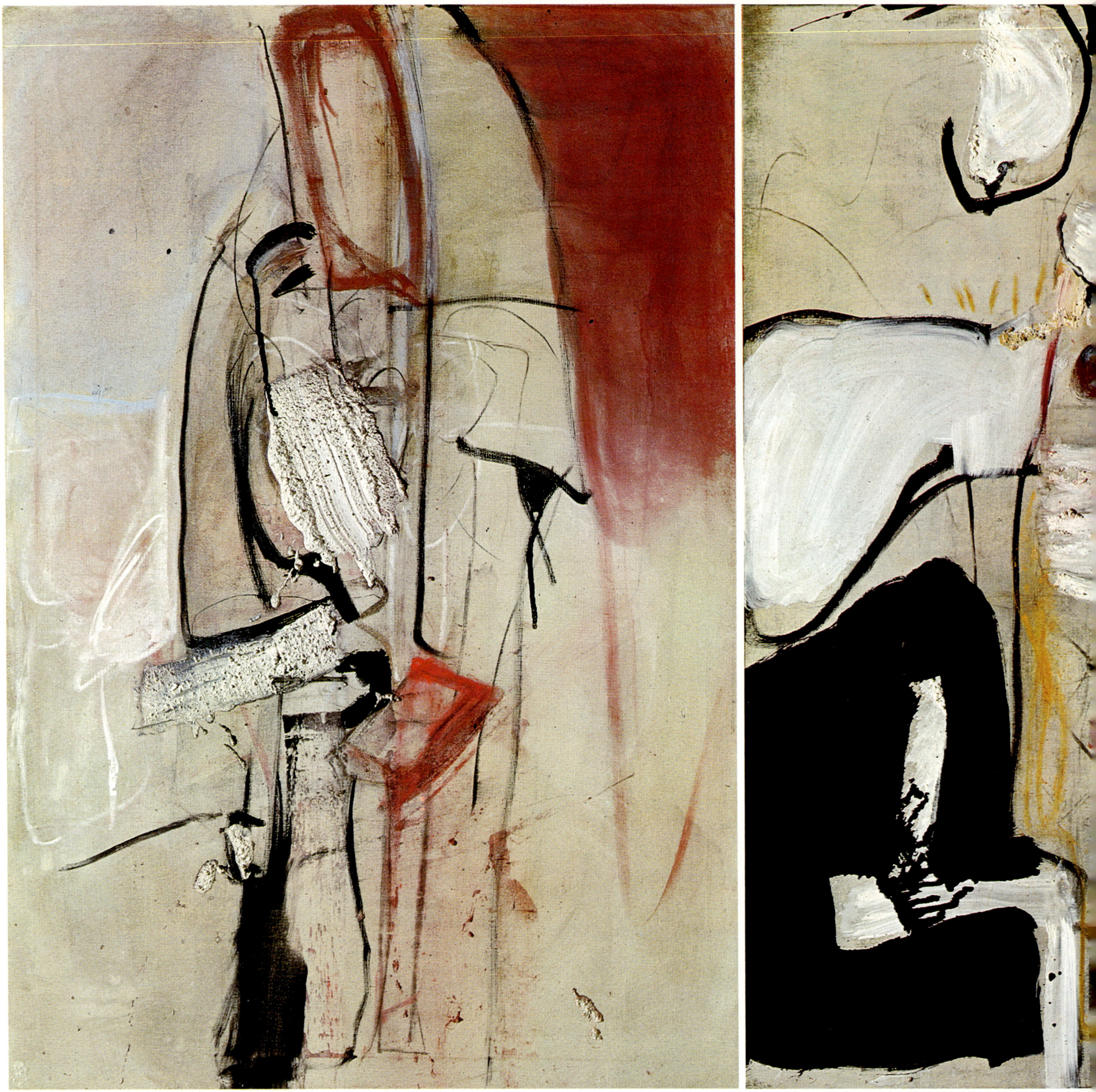

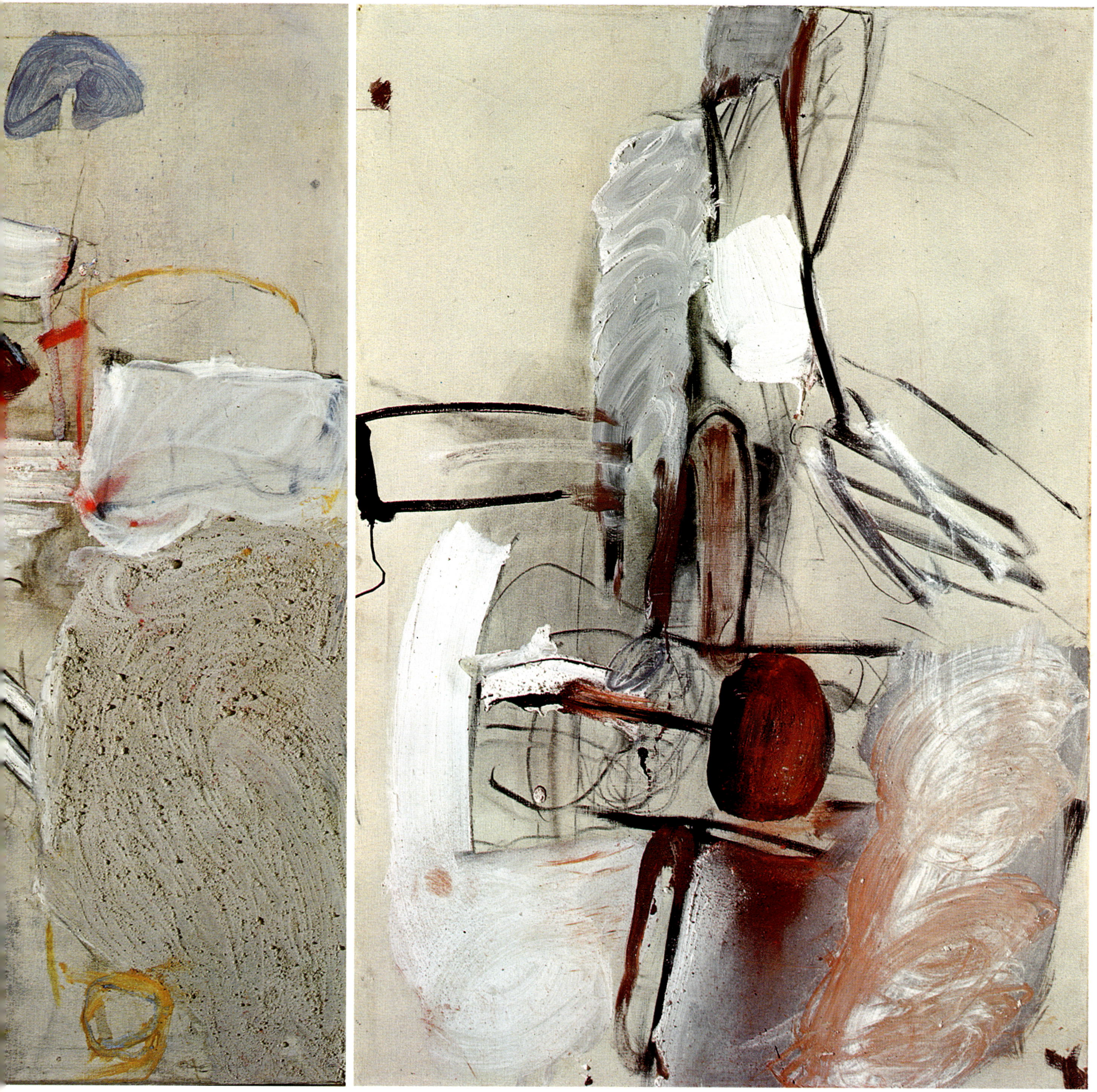

56 Stromboli, 1961
Tusche/Kreide/Papier, 66×50 cm
57 Stromboli, 1960
Öl/Lwd, 130×125 cm

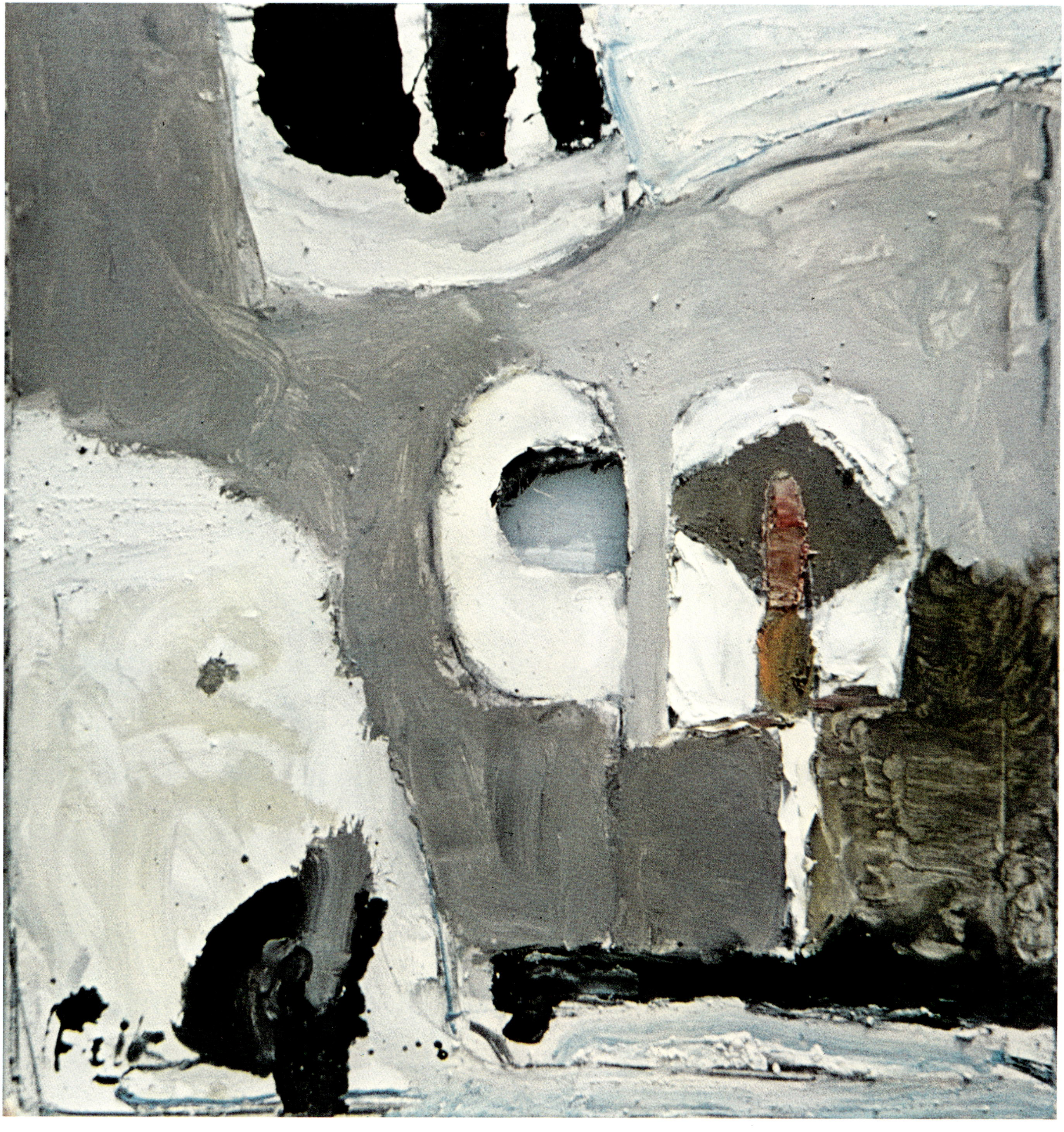

58 Stromboli, 1960, Kreide/Tusche/Dispersion/Papier, 21×27 cm

59 Stromboli, 1965, Dispersion/Lwd, 149×200 cm

60 Stromboli, 1965, Dispersion / Papier, 50×68 cm

61 Stromboli, 1965, Dispersion/Lwd, 77×104 cm

62 Stromboli, 1965, Dispersion/Lwd, 40×53 cm

63 Stromboli, 1966, Dispersion/Collage/Papier, 75×101 cm

64 Stromboli, 1968, Dispersion/Öl/Lwd, 136×191 cm

65 Stromboli, 1968, Kohle/Papier, 74×103 cm

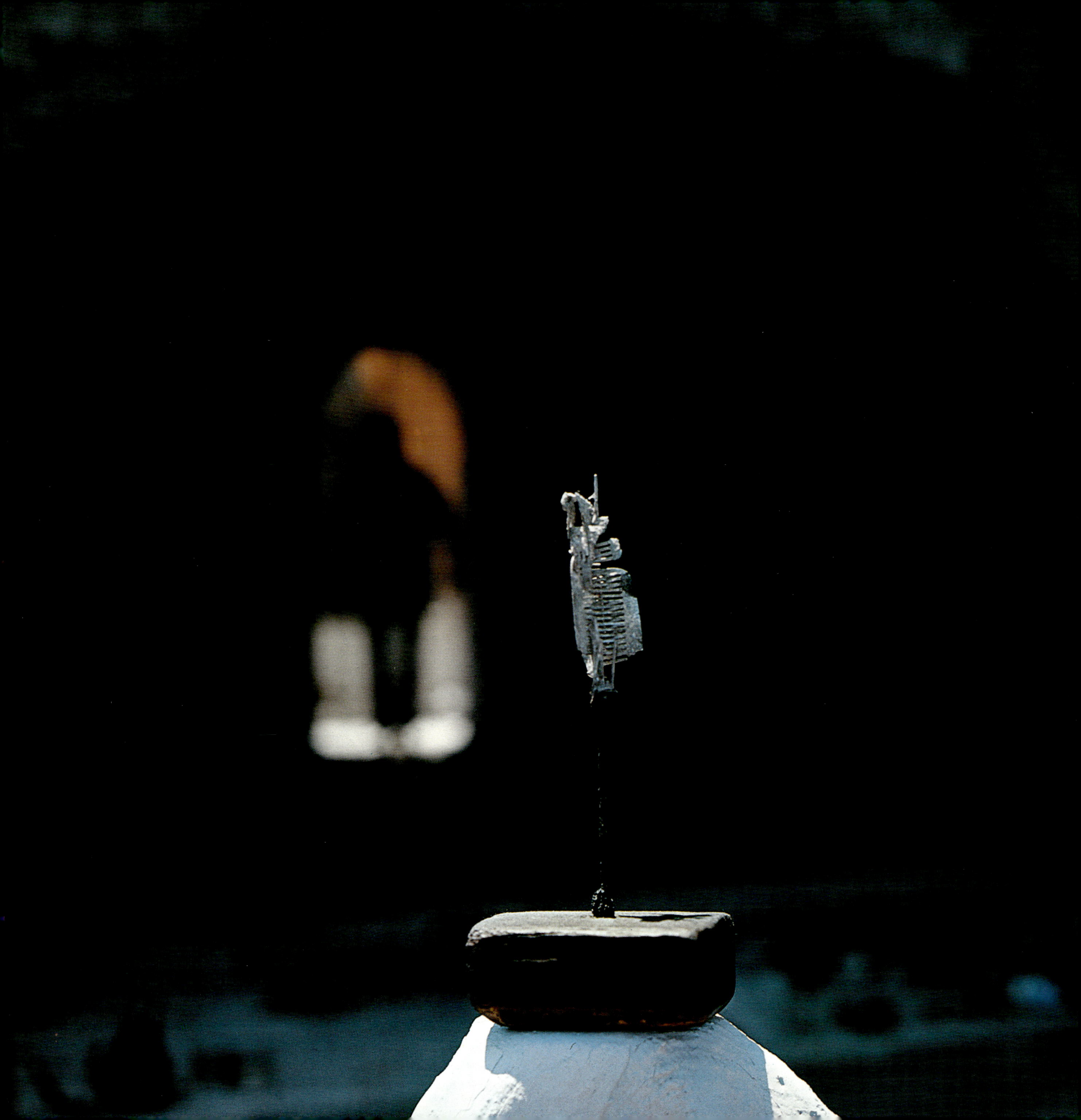

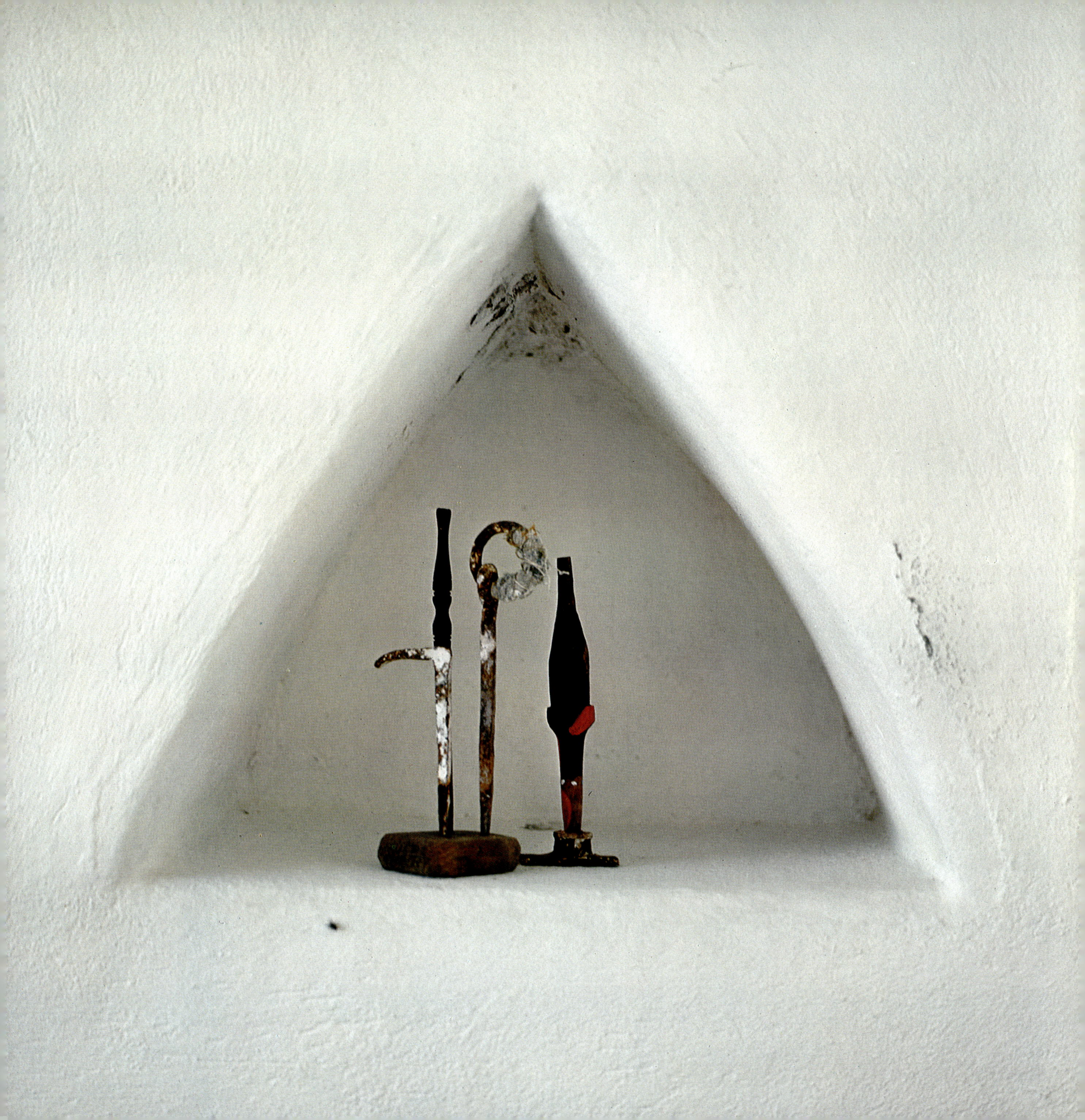

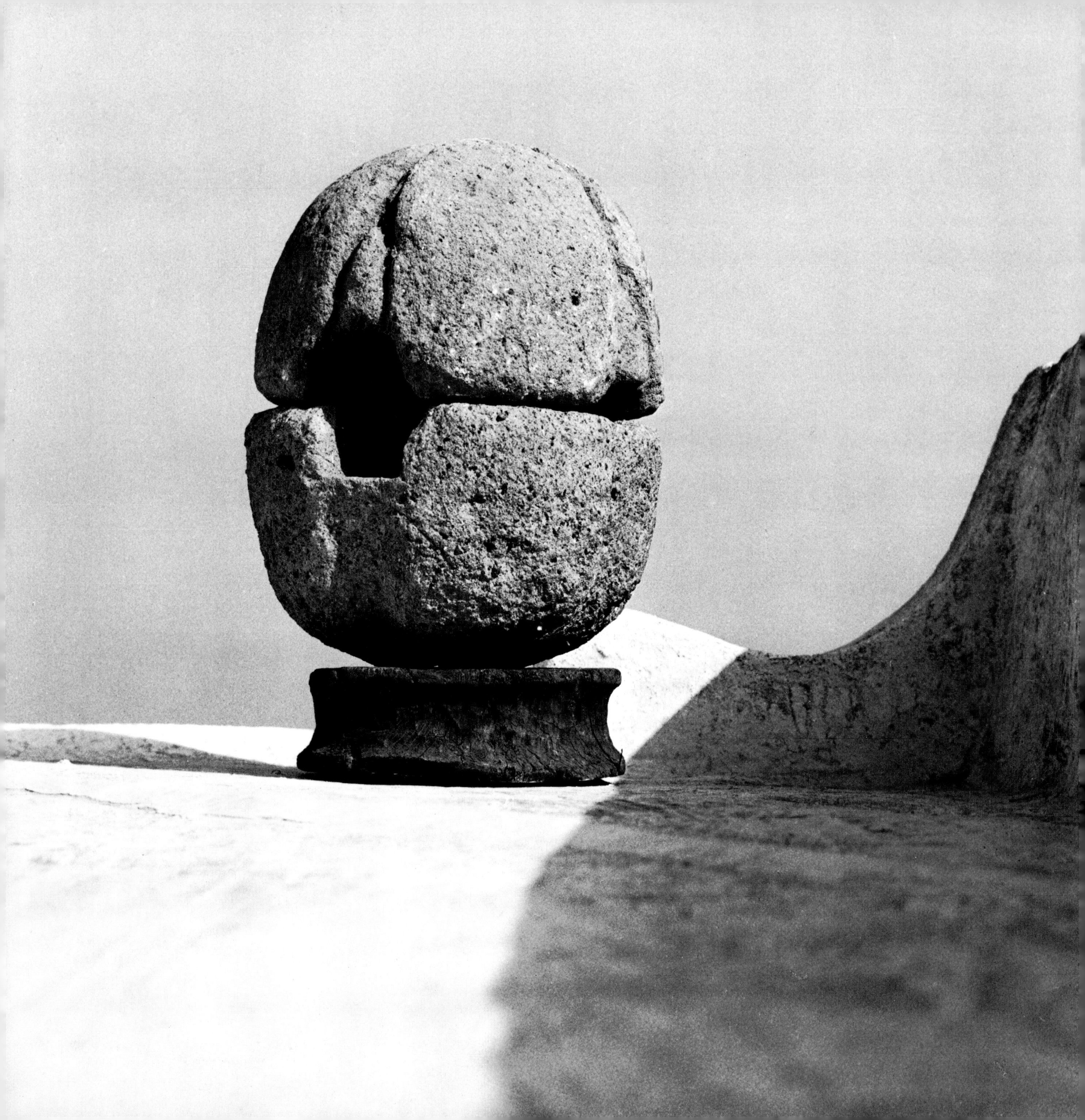

Vorhergehende Seiten:
66 Objet im Atelier, 1962
67 Drei Objets im Dreieck, 1967
Höhe 20 cm
68 Geteilter Kopf, 1963, Lavastein
Höhe 43 cm
69 Kamm-Figur, 1962
Höhe 25 cm (zerstört)
70 Phallisch-weibliche Figur, 1963
Höhe 153 cm

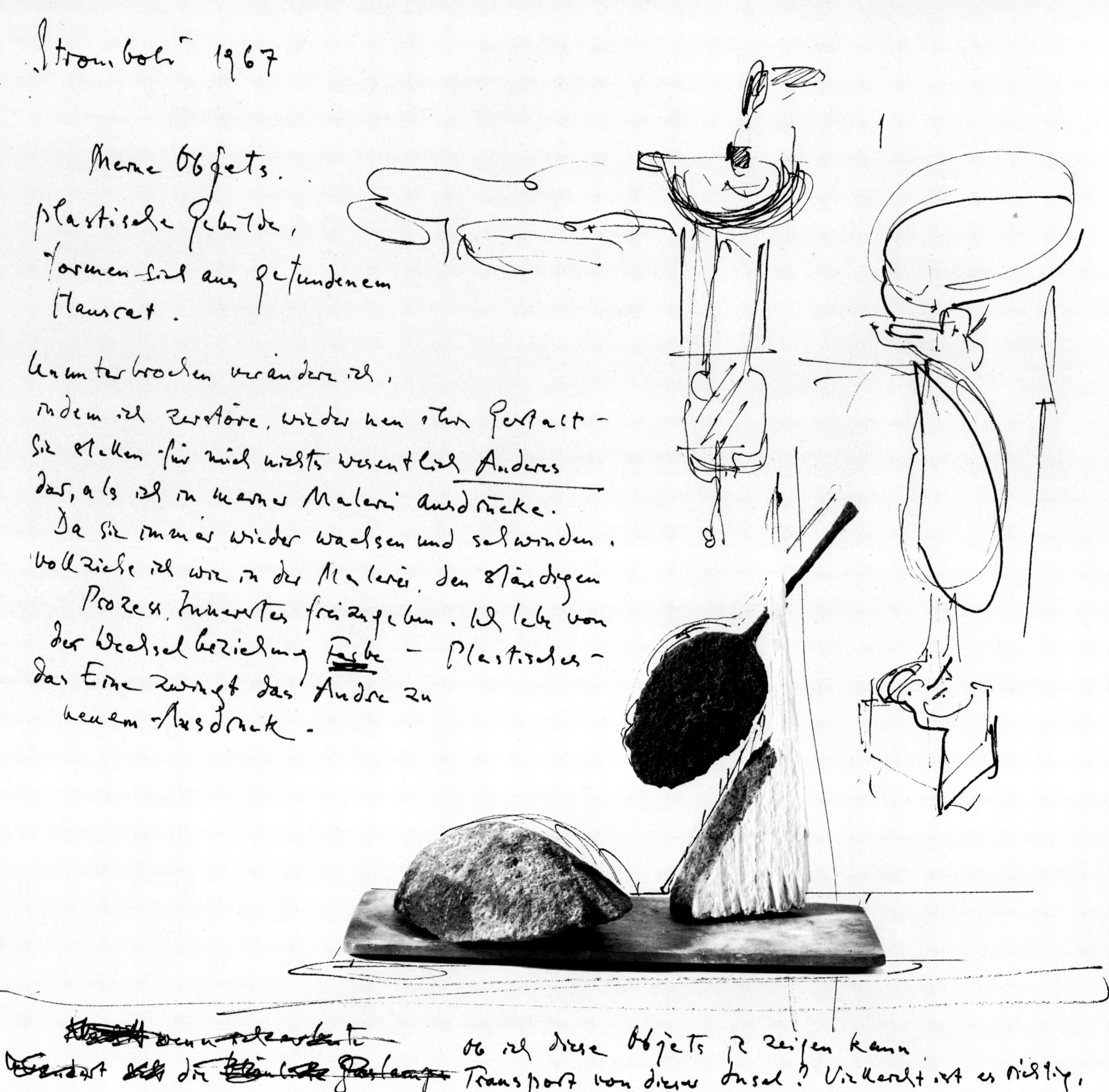

"Stromboli" 1967

Meine Objets.
plastische Gebilde,
Formen sind aus gefundenem
Hausrat.

Ununterbrochen verändere ich,
indem ich zerstöre, wieder neu oder Gestalt –
Sie stellen für mich nichts wesentlich Anderes
dar, als ich in meiner Malerei ausdrücke.
Da sie immer wieder wachsen und schwinden,
vollziehe ich wie in der Malerei, den ständigen
Prozess. Innenstes freizugeben. Ich lebe von
der Wechselbeziehung Farbe – Plastisches –
das Eine zwingt das Andre zu
neuem Ausdruck.

~~Wenn verändert~~
~~verändert sich die bleibende Gestaltung~~ ob ich diese Objets zu zeigen kann
Transport von dieser Insel? Vielleicht ist es richtig,
dass sie hier wieder zerfallen.

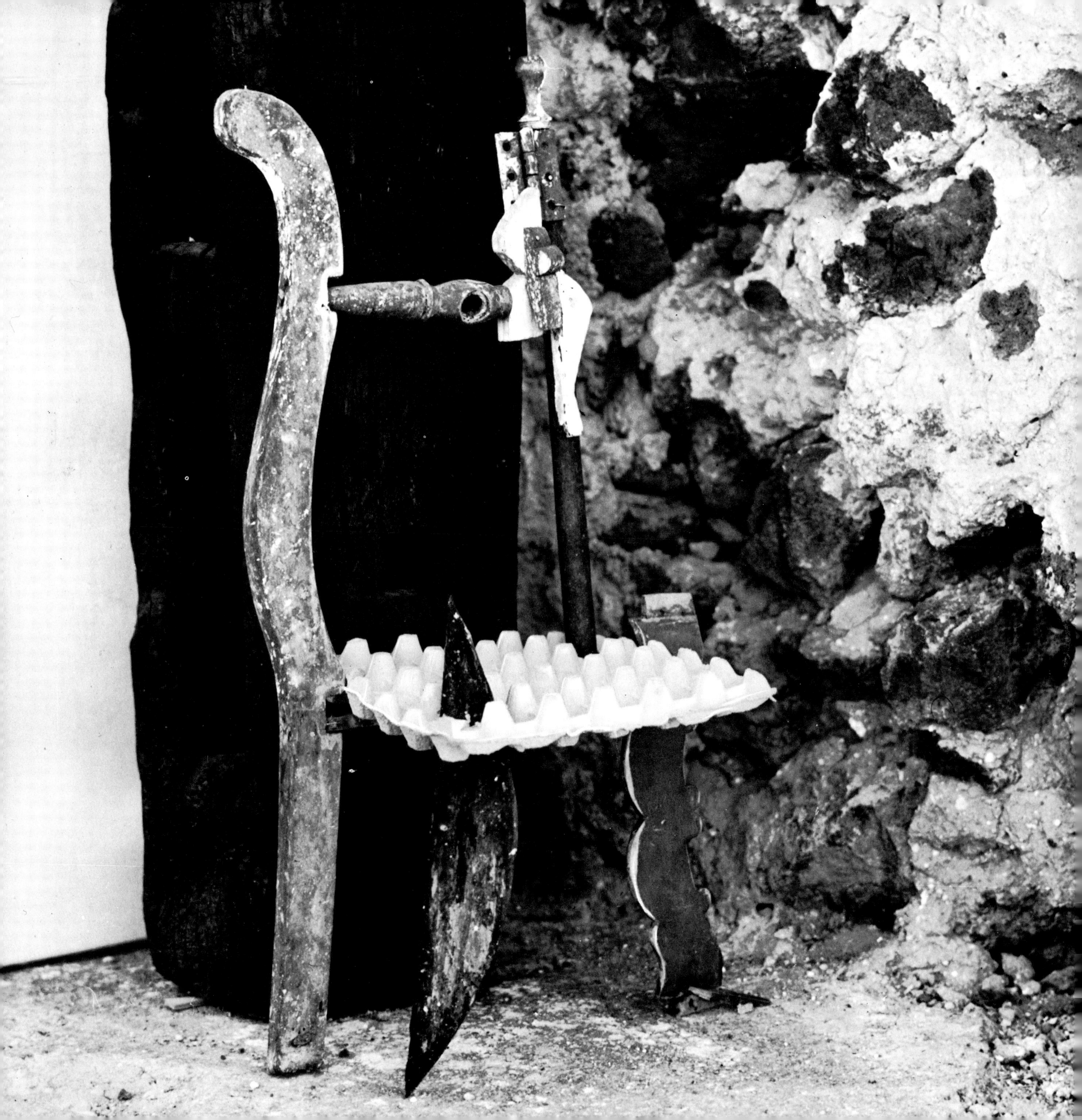

Vorhergehende Seiten:
71 Korodierter Löffel und Stein, 1967, Höhe 19 cm
72 Durchbohrter Sitz, 1967, Höhe 87 cm

73 Geländetes Regal, 1967, gekalkt, bemalt (Detail), Höhe 220 cm
74 Cornudi, 1967, gekalkte, gestreckte Figur, Spottfigur (Detail), Höhe 205 cm
75 Löffellicht, 1967, geschmolzene Überreste, Höhe 23 cm
76 Mit Gipsbinden bandagierter Knochen, 1967, Höhe 26 cm
77 Objets im Atelier, 1966–68 (folgende Doppelseite)

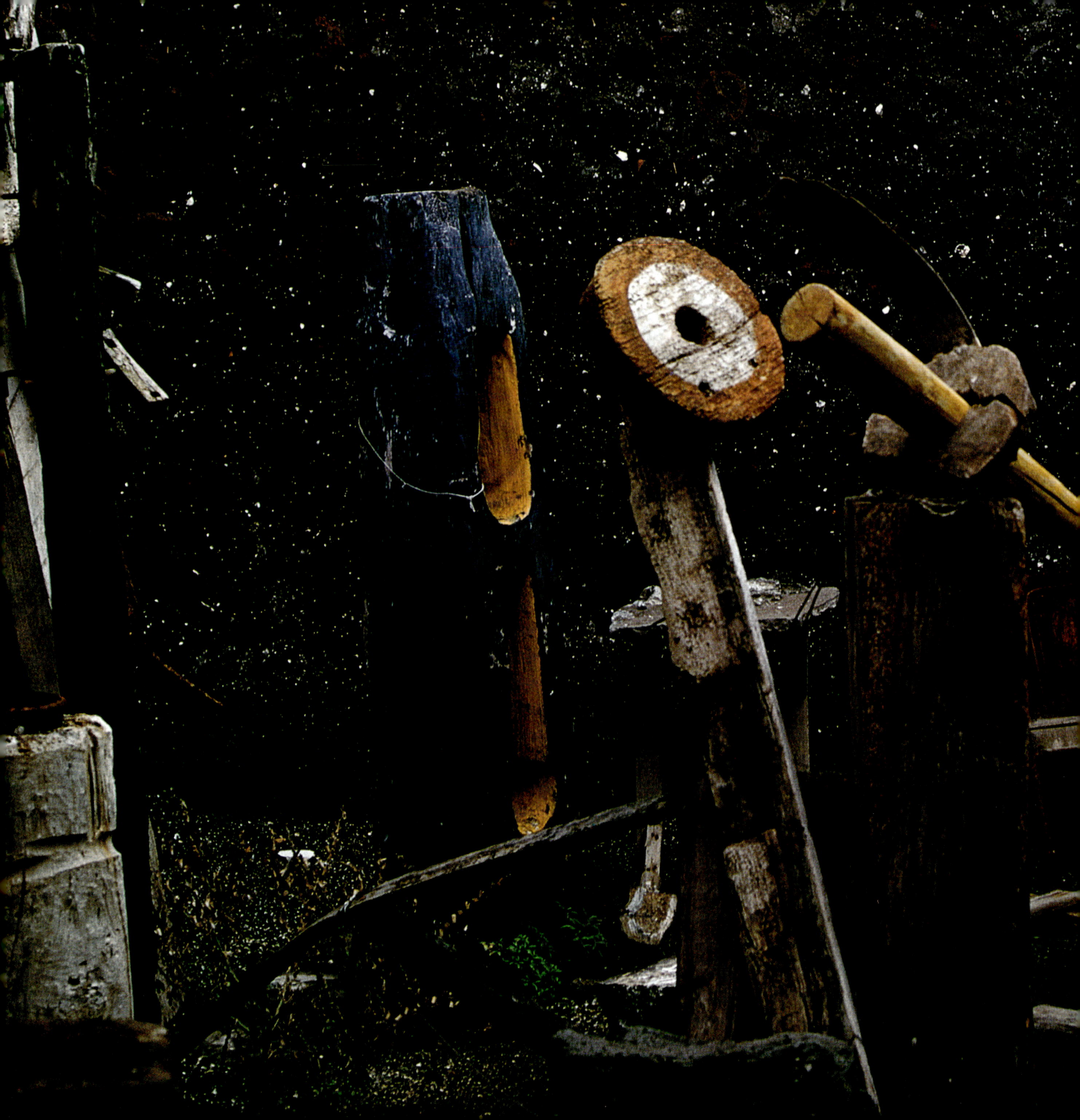

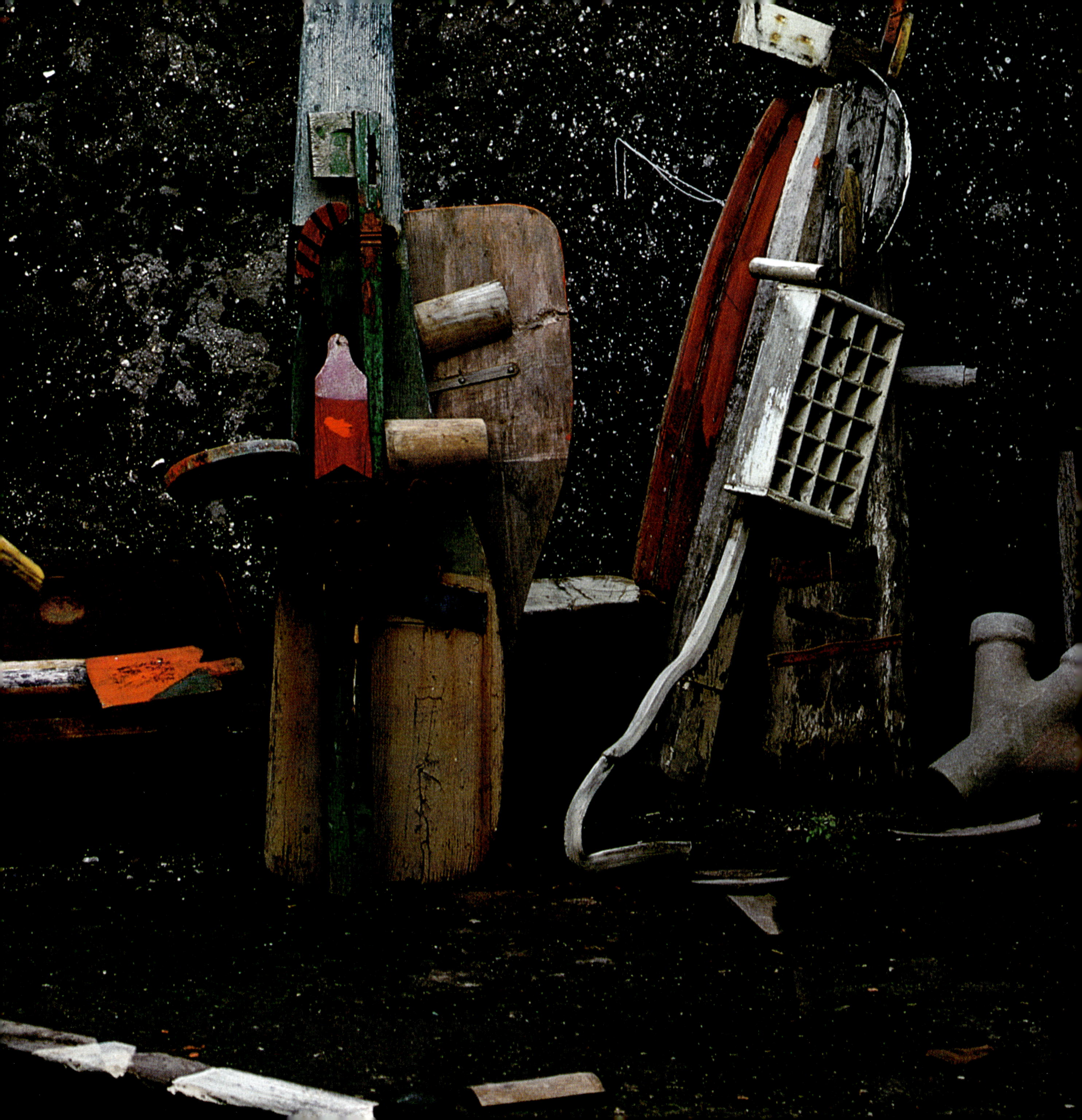

TRANSVESTIE Belle de May
(Verwandlung in seltsame Zwischengeschöpfe) Kantiger Barhocker, grellroter Mund
Haare um die Brustwarzen verkleideter Mädchen.

Augen lang bewimpert
Locken über nackten
Schultern.

Ein No Man's Land

Langer
weißer
Mantel,
um die Hüften
silbriges
Akrobaten
Trikot

Herodes in Tüllvolants, Schwule die keine
moderne Figur, Angela Davis sind.
"Jesus Superstar"

Londoner Figuration, 1968–73

Als Falk im Herbst 1968 London erreichte, um sich hier für längere Zeit festzusetzen, sah er sich gegenüber dem Stromboli-Aufenthalt individuell und objektiv gewandelten Bedingungen gegenüber. Nach den verarmten Liparischen Inseln am Rande des Zeitgeschehens, auf denen das Leben nach stets denselben, seit altersher vorgeprägten Mustern verläuft, gelangte er in eine Metropole, in der Hektik und Idyll, gediegene Bürgerlichkeit und liberale Toleranz, der Aufstand der Jugend und Arbeitskämpfe, die nach wie vor in der Tradition eines 19.-Jahrhundert- Sozialismus geführt werden, fast ohne gegenseitige Beeinflussung nebeneinander hergingen. Die Hippiebewegung und die in einigen amerikanischen Universitäten (vorab in Berkeley) aufgekommene antiautoritäre Welle hatten sich internationalisiert, hatten zu Vietnam-Demonstrationen, zum Pariser Mai-Aufstand von 1968 und sogar in Zürich zu den Globus-Unruhen geführt und begannen sich nun zu beruhigen. Die Swinging Era hatte in London ihren Höhepunkt überschritten. Die Kurve einer Kunst und eines Lebensstils, den man mit dem damals magischen Wort «Pop» zusammenfasste, verflachte sich. Was Jugendliche und subkulturelle Randgruppen begeistert aufgenommen, ja aus sich selbst heraus mitgestaltet hatten, verfiel zusehends der Kommerzialisierung. Die sogenannte sexuelle Revolution, ursprünglich als Kampf gegen das Establishment aufgefasst, feierte und verharmloste sich in Pop-Opern wie «Hair» und «Oh Calcutta». Die Londoner Atmosphäre der späten sechziger und frühen siebziger Jahre kann wenigstens zum Teil mit einem Aphorismus von Heinrich Wiesner erhellt werden: «Der Rebell trägt Tracht. Der Revolutionär hat keine Zeit für Folklore.» London hatte durchaus Zeit für Folklore, für abenteuerliche Kleidersitten, war auch empfänglich für die besondere Tracht der Nacktheit als eine bereits gezähmte, bereits auf den Kunstraum der Bühne verwiesene Demonstrationsform gegen den Bürger. Auffällig ist, dass Falk solchen modischen Tendenzen plötzlich einen Sinn abgewann, was auch damit zusammenhing, dass er jetzt in Gemeinschaft mit einer jungen Frau lebte. Viele Londoner Bilder sind atmosphärisch und thematisch vom Erotischen — auch im Sinn des «Perversen» — bestimmt.

Rückkehr zur Figuration

An der Londoner Schaffensphase ist zunächst hervorzuheben, dass der Künstler wieder zur Figuration zurückfindet, dass der Mensch wieder in den Mittelpunkt tritt, nachdem er in Cornwall, Irland und Stromboli während rund zehn Jahren ausgeschieden war. Überhaupt wird die Bildstruktur neu gefasst, und die gestalterische Methode verändert sich stark. Falk sammelt jetzt Artikel und Bildreproduktionen in Zeitungen und Zeitschriften, die immer wieder als Collage-Elemente in die gemalte Komposition hineingenommen werden. Solche mit Malerei kombinierte Montagen werden auf die Leinwand projiziert, freilich nicht als direkte Bildvorlage, sondern weil Falk so einen besseren Überblick für die weitere Verarbeitung gewinnt. Das Bild entsteht nicht mehr aus der jähen tachistischen Aktion heraus, wenn auch «tachistische» Elemente, mitunter heftige Liniaturen und Flecken, weiterhin eine gewisse Rolle spielen. Sie bedeuten nichts Bestimmtes, sondern binden lediglich erkennbare Motive zusammen, oder aber sie verstärken, Energie und Ausdruck speichernd, eine angeschlagene Stimmung, bringen sie in einen Rhythmus.

Langsam wächst jetzt das Bild, aufgrund von Skizzen und aus Zeitungen gesammelter Dokumentation. Es kann sich auf ein bestimmtes Ereignis beziehen (zum Beispiel «It Started I» vgl. Abbn. 79, 82) oder ist ganz allgemein von der aktuellen Londoner Szene durchtränkt. Falk zeichnet auch wie in den vierziger Jahren in Zürich hinter der Bühne und im Zuschauerraum. Und wie damals findet er im Bezirk des Theaters eine in der Wirklichkeit längst versunkene Fin-de-Siècle- Stimmung; aber jetzt beschwören die Schminkmasken und kunstvollen Frisuren ein Beardsley- Rokoko (vergleiche «It's Not Yage» und «Hypnotic Mirror» (siehe Abbn. 87, 100).

Gemalt wird im Gegensatz zu Stromboli fast ausschliesslich nachts bei Kunstlicht, und wieder fühlt sich Falk dabei dem Jugendstilkünstler Aubrey Beardsley verwandt. In den Ohren verklingen ihm tagsüber gehörte Pop-Rhythmen. Vom nahegelegenen Trafalgar Square (Falk hat im Januar 1971 endlich eine in der City gelegene Atelierwohnung an der Charing Cross Road 9 gefunden) dringen Strassengeräusche oder der Lärm einer abziehenden Demonstration durchs Fenster. Aber eines ist in London gleich geblieben, wie es immer schon war. Dem Text einer Skizzenbuchseite ist zu entnehmen, dass sich Falk vor einem Grossformat (175×225 cm), das er in Arbeit nehmen will, wie ein Verurteilter vorkommt. Die vorbereitenden Handlungen sind ihm «grauenvoll»: «...laufe im Atelier hin und her, bevor der erste Schritt getan, die erste Form mit Farbe auf der Leinwand ausgeführt wird. (...) Diese erste Farbe weist die folgenden, dann bin ich drinnen, im Bild.» Falk arbeitet auch in London in Schüben, ohne abzusetzen. «Food For Love» (siehe Abb. 88) etwa wird um 13 Uhr begonnen und am andern Morgen um 6.30 Uhr beendet. Um die allzeit wachen Skrupel untenzuhalten, muss er ein einmal begonnenes Bild möglichst «durchziehen». Auch in London ist ihm das Malen, wie er mir in einem Brief schrieb, ein «Sucht-Phänomen».

Brüchige Wirklichkeit

Noch am Ende der Stromboli-Zeit kündete sich im «Ateliergeheimnis» (vgl. Abb. 64) eine gewisse Festigung der Bildstruktur an. Dennoch hat Falk weder in London noch in New York Form und Komposition zu strenger und leicht entzifferbarer Gliederung auskristallisieren lassen. In Bildern wie «Liquid Dream» oder «A Not Very Specific Situation» (siehe Abbn. 83, 90) wird die perspektivische Raumgliederung bewusst verunklärt, das heisst eingebnet, nur andeutungsweise markiert. Auf beiden Werken ist in der unteren Bildhälfte eine nackte, besser entblösste Frau liegend und mit angewinkelten Beinen zu erkennen. Aber schon das Bett oder der Schragen, auf dem man sie vermutet, ist nur angedeutet, so dass sich der Eindruck eines geschlossenen Raumes — also eines Intérieurs — schon deswegen nur zögernd einstellen will. Beide Frauenkörper scheinen zu schweben oder auszufliessen. Sie vergehen in qualvoller Lust; daher eignet ihnen etwas Milchiges und Wolkiges. Die Szenen beider Bilder sind insgesamt tatsächlich «liquid», flüssig, etwas widerständiger diejenige von «A Not Very Specific Situation». Hier wird das ganze sado-masochistische Ritual (Falk liess sich von einer Akupunktur anregen) von einem sich mächtig aufbauenden, buddhaähnlichen «Arzt» durchgeführt. Er hat die Ärmel hochgekrempelt, ein Arm versenkt sich in die Frau, die sich ihrerseits mit einem ihrer Arme im Hosenträger des Heilenden (oder Peinigenden) verfangen hat. Es ist eine Szene, in der sich Absurdität und Peinlichkeit mit feierlicher Bedrohlichkeit mischen. Diese Gegensätzlichkeit konzentriert sich auch in der überraschenden Gegenwart eines gelblichen Hundes — frontal gegeben wie sein Herr — mit rätselhaften, schräggestellten, lauernden Augen. Man weiss nicht, ob er lebt oder ob es sich um eine gross geratene Nippfigur handelt. Auch das Gesicht des Arztes ist von einem erstorbenen, gipsernen Weiss. Es ist mit Akupunktur-Einstichen übersät. Der Arzt selbst trägt also die Spuren der Behandlung, die er an der Frau vornehmen will — ein Hinweis darauf, dass jeder Sadismus sich in Masochismus verkehrt, dass Vergewaltigung unweigerlich auf den Vergewaltigenden zurückschlägt.

Bezeichnenderweise kommt das Wolkenmotiv als ein Element des Verunklärenden und Unsicheren (dies nicht nur in einem räumlichen Sinn verstanden), des Imaginären und Traumhaften auf den Londoner Bildern wiederholt vor. Man findet es in «The Cloudy Banquet», in «Liquid Dream» (siehe Abbn. 83, 95), weniger eindeutig in «Food For Love» und in «Purple-Orange Flashes». Selbst in «Hypnotic Mirror» (vgl. Abbn. 88, 92, 100), wo der Schauplatz der Szene mit einiger Sicherheit als Dachzimmer bestimmt werden kann, ist die Decke mit einem milchigen Dunst ausgelegt. Man könnte dem entgegenhalten, dass auf den Londoner Bildern aber ebenso häufig das Motiv des Gerüsts und der Abschrankung erscheint. Aber solche einigermassen festgefügte Strukturteile bieten eher nur optisch gewisse Haltepunkte. Ihrer genauen Funktion und Bedeutung nach — besonders auffällig in «Food For Love» — bleiben sie oft genug rätselhaft, semantisch vielschichtig.

Selbst da, wo die Raumaufteilung sich als Intérieur identifizieren lässt, werden gleichzeitig solche realen Verhältnisse auch wieder verwischt. Die beiden Managertypen auf dem Bild «Mordechai and Mr. Vip» (siehe Abb. 86) verschwimmen fast in der sterilen, weissen Transparenz des Raumes. Ihre zeichnerisch aufgefassten Köpfe und der dunkle Akzent der Schmetterlingsbinde bei der Figur rechts treiben als vereinzelte Realitätssplitter im imaginären Weiss. «Twilight's Last Gleamings» spielt sich in einem Direktionsbüro ab. Man erkennt rechts aussen einen Arbeitstisch, Abschrankungen im Vordergrund, eine Tür hinter der sitzenden Figur, findet sich also in einem ziemlich genau definierten Bereich gut zurecht. Dafür sind die beiden Menschenfiguren auf eine befremdliche Weise behandelt. Sie scheinen beide auseinanderzubrechen. Die bläuliche Figur rechts – sie lässt an einen Butler denken – steht neben ihren Schuhen und scheint nach vorn zu kippen. Der Sitzende links ist wie aus Glassplittern eines Kaleidoskops und so locker gefügt, dass diese bei einem nächsten Bewegungsimpuls sich zu einer anderen Konstellation zusammenfinden könnten. Der Künstler kann mit solchen Mitteln sichtbar machen, das die beiden – vielleicht Arbeitgeber und Lohnabhängiger – in heftiger Auseinandersetzung zusammenstossen und dadurch von Grund auf erschüttert werden.

Guckkastenräume

Der Rahmen, in dem sich gewisse Bildszenen abspielen, so in «Twilight's Last Gleamings», «Food For Love», «It's Not Yage» und «Hypnotic Mirror» (vgl. Abbn. 88, 87, 100), ist mit einer Guckkastenbühne zu vergleichen. Die angedeutete Architektur, die Wände und Requisiten scheinen kulissenhaft, bei Bedarf austauschbar und verschiebbar. Der Eindruck des Bühnenhaften rührt auch davon her, dass der Raum sich zum Betrachter hin öffnet (am ausgeprägtesten in «Hypnotic Mirror»), während er nach hinten geschlossen oder nur von den hinteren Seiten für die «Auftretenden» zugänglich ist. Die Bildszene wird derart nach vorn gebracht, einem vermuteten Zuschauer gleichsam präsentiert. Es wäre oberflächlich anzunehmen, Falk sei zu dieser Raumerschliessung gelangt, weil er eben in London oft im Theater weilte und dort zeichnete. Eine tiefere Begründung müsste vielmehr lauten, dass das Bühnenhafte dieser Werke einer damaligen Wirklichkeitserfahrung des Künstlers entsprach. In einer historienträchtigen, an Ereignissen, an musealer und noch gelebter Vergangenheit so reichen Weltstadt wie London kommt insbesondere dem geschichtsbewussten Fremden, der aussenstehend und darum mit geschärften Sinnen ihr Treiben beobachtet, das Reale leicht als im Grunde inszeniert, als buntes oder auch bodenloses Schau-Spiel vor.
Das Bild «Hypnotic Mirror» (siehe Abb. 100), vielleicht eines der zugänglichsten und am übersichtlichsten gegliederten der Londoner Zeit, ist dennoch ebenfalls in einer solchen Zwischenrealität angesiedelt. Man könnte zwar geltend machen, dass die Londoner Freaks in ihren Kommunen tatsächlich so leben, wie das Bild es schildert. Zum Beispiel sei die Vermischung von altem und neuem Hausrat, die wenigen, geschmackvoll gewählten Möbelstücke in einer im ganzen ärmlich-improvisierten Wohnungseinrichtung für diese Leute besonders typisch; der in Falks Bild angedeutete Lebensstil von Entspanntheit (ruhender Mann und ruhendes Kind im Vorder- und Mittelgrund) und sich spontan aus dem Alltag entwickelnder Kreativität (sich im Tanz biegende junge Frau, nackt und mit Kopftuch, vor ziegelroter Wandfläche) entspreche durchaus der Existenzform solcher Gegen-Gesellschaften, die sich von der leistungsorientieren Great Society absetzen möchten. Aber das Figurenpaar im Bildviertel rechts hebt das ganze doch über das hinaus, was man als Genre-Szene einer subkulturellen Gruppe unserer Tage einzustufen versucht sein könnte, hebt es in die Sphäre eines Traumspiels. Man erkennt eine Art grünes Gespenst – angeregt durch Frankenstein- und andere Horrorfilme – das nach den Worten des Künstlers «in eine nonnenhaft verhüllte Frau einfliesst», das heisst die sich kaum mehr Sträubende vergewaltigt.

Das Ende einer Epoche

Völlig ins Imaginäre sind die Raumverhältnisse von «Purple-Orange Flashes» (siehe Abb. 92) gewendet. In einem bläulich-braunorangen Farbabschnitt tummeln sich Menschenfiguren. Deren Winzigkeit auf einer verhältnismässig ausgeräumten Bildfläche vermag eine eigentümlich narkotisierende, aber gleichzeitig kalte Verlorenheit mit zu erzeugen. Ein Bild mit nahezu psychedelischen Eigenschaften, so dass man sich spätestens hier, aber auch angesichts der angesüssten hellgraugrünlichen und rosafarbenen Zonen von «The Cloudy Banquet» (siehe Abb. 95) oder des aseptischen Weiss von «Mordechai and Mr. Vip» (siehe Abb. 86) fragen könnte, ob Falk in London unter Drogeneinwirkung gemalt habe. Das ist zu verneinen, wenn man unter Droge eigentliche Halluzinogene, also etwa Marihuana oder LSD versteht. Der Bildtitel «It's Not Yage» (siehe Abb. 87) (bei Yage handelt es sich um ein südamerikanisches, aus Pflanzen gewonnenes Halluzinogen) ist ironisch gemeint. Die Thematik des Werkes spielt darauf an, dass man auch durch erotische Praktiken «high» werden kann. Solche Möglichkeiten aber hat Falk mit seiner jungen Frau zweifellos ausgeschöpft. Wie ja auch bereits erwähnt wurde, dass ihm das Malen in London zum «Sucht-Phänomen» wurde. Andersseits aber ist Falk als betroffener Zuschauer dem Drogenproblem auf Schritt und Tritt begegnet, und diese Erfahrungen sind in seine Londoner Malerei eingeflossen. Die revoltierende Jugend bediente sich zu der Zeit der Droge als Ausdruck ihrer subkulturellen Eigenständigkeit, als Mittel zur Bewusstseinsveränderung, wie immer wieder leichtfertig behauptet wurde. Die bis jetzt besprochenen Bilder beschwören aber eher den Untergang, nicht den Aufbruch, die Dekadenz einer Gesellschaft, nicht einen Neubeginn oder doch das Zerbrechen der Konventionen, ohne dass schon neue Werte in Sicht wären. Falks Acrylfarben der Londoner Zeit verglimmen. Ihre späte Glut kündigt das «Ende des Trips» an, das Ende einer Zivilisationsform. Daher die schwankenden, gegen das Vage und Imaginäre offenen Räume; daher die Darstellung sexueller Ekstase bis zur Selbstauflösung oder eines spielerisch-experimentierenden Verhaltens («Hypnotic Mirror»); daher die häufig zerbrechenden und zerflatternden Menschenfiguren und die Evokation einer insgesamt unvertrauten, unverlässlichen Wirklichkeit.

Realistische Tendenz

Es stellt sich die Frage, ob man Falks Londoner Figuration (oder wenigstens einzelne Werke innerhalb dieser Schaffensphase) dem Realismus zuzählen darf, und zwar unter Berücksichtigung des gegenwärtigen Standes der Diskussion, die sich in den letzten Jahren um ein vertieftes Verständnis dieser Strömung neu bemüht.

Nach allem, was bis jetzt von den in London entstandenen Bildern gesagt wurde, ergibt sich eigentlich von selbst, dass es kaum lohnend wäre, sie mit Falks nachimpressionistischen oder expressiven Anfängen (1945–58) zusammenzubringen, auch deswegen nicht, weil der Künstler ja erst *nach* diesen Anfängen zwei wichtige Erfahrungen hat verarbeiten können, welche die Londoner Werke in einem gewissen Masse mitbestimmen: die konsequente Abstraktion bis zum Informel einerseits, die amerikanische und englische Pop Art anderseits. Allerdings berührt sich das Londoner Schaffen sichtbar mit der Pop Art nur am Rande. Ronald Kitaj, mit dem Falk verwandte Züge aufweist, ist seinerseits ein Sonderfall innerhalb des Pop-Realismus, so dass hier solche eher sekundäre Beziehungen vernachlässigt werden können.

Die Diskussion um den Begriff Realismus ist in den sozialistischen Ländern nie abgebrochen, wurde hier aber oft mit überholten Kriterien geführt. Das Aufkommen einer betont gesellschaftskritischen Kunst auch im «Westen», ferner das Aufkommen des Photorealismus oder Hyperrealismus (eine Variante allerdings, die ich als Eintagsfliege betrachte) und eine entsprechende Abteilung an der Kasseler documenta 5 im Jahr 1972, in der hyperrealistische Malerei im Überblick gezeigt wurde, haben jedoch in den kapitalistischen Ländern ebenfalls das Interesse an der Realismusfrage neu entfacht. Es kann sich nun hier nicht darum handeln, das Problem, wie es heute gesehen wird, in seiner ganzen Breite aufzufächern; aber es erscheint mir wichtig, wenigstens die Realismuskriterien von Konrad Farner (1903–74) in aller Kürze auf Falks Londoner Bilder anzuwenden. Nicht nur hat dieser einzige marxistische Kunstwissenschafter der Schweiz die Auseinandersetzung um den Realismus entscheidend vorangebracht, Falk war auch mit ihm befreundet und hat mit ihm häufig künstlerische Fragen diskutiert.

Im Aufsatz «Realismus und bildende Kunst/Mögliches Modell marxistischer Kunstbetrachtung» (abgedruckt in seiner Essaysammlung «Kunst als Engagement», 1973 bei Luchterhand erschienen) stellt Farner den Realismus als «anthropologische Kategorie», als geschichtlich immer wieder mögliche geistige Haltung heraus. Er legt dar, dass sich Realismus nur vordergründig fassen lässt, solange man ihn als zeitlich begrenzten Stil (z. B. als die Schule um Courbet um die Mitte des 19. Jahrhunderts) versteht, solange man ihn mit Figuration und «Gegenständlichkeit» gleichsetzt (es gibt immer wieder idealistisch bestimmte, daher nicht realistische Figurative), solange man ihn einseitig anhand formaler Merkmale oder gar nur im Raum des Manuellen oder Technischen aufsucht. Von da aus gelangt er zum Kernsatz: «Realismus (...) ist in dialektischer Einheit Kenntnis–Erkenntnis–Bekenntnis des als Künstler tätigen Individuums im Gesamtprozess der Geschichte, ist Funktion, und zwar gesellschaftliche Funktion.»

Falks Londoner Bilder wachsen in der Tat aus einer bestimmten geschichtlich-gesellschaftlichen Situation, aus einer kennend-erkennenden Auseinandersetzung mit der damaligen Londoner Gegenwart. Tragen sie aber auch ein Bekenntnis vor? Malt er aus einem «Prinzip Hoffnung»? Glaubt er, dass eine freiheitlichere, humanere Gesellschaft herbeizuführen sei? Weiss er, wer sie herbeiführen wird, kritisiert er im Blick auf diese konkrete Utopie die bestehenden, schlechten Verhältnisse? In einigen Londoner Bildern hat Falk die von Farner für den Realismus geforderte dialektische Einheit Kenntnis–Erkenntnis–Bekenntnis sichtbar gemacht.

Es begann in Granada

In den Jahren 1970/71 entstand die Bildserie «It Started I–VI» (siehe Abbn. 79, 81, 103). Das erste Werk dieser Folge hat eine nicht ganz einfache Vorgeschichte. Der Künstler las in einer Zeitung, dass am 21. Juli 1970 ein Bauarbeiterstreik in Granada (es ging um Lohnforderungen) von der Polizei blutig niedergeschlagen worden war. Drei Arbeiter wurden dabei erschossen, drei nachträglich ins Gefängnis gesteckt. Diese Meldung rührte persönliche Erinnerungen auf. Im Oktober 1968 war sein Bruder Jules — er hatte als Werkmeister in der Zuger Fabrik Landis & Gyr gearbeitet — auf dem Weg zu seinem Arbeitsplatz von einem Auto angefahren worden. Er erlag den Folgen des Unfalls, und nun begann ein langwieriger Kampf mit den Versicherungen, der schliesslich am Eidgenössischen Versicherungsgericht zugunsten von Jules Hinterbliebenen entschieden wurde. Diese bitteren Erinnerungen verbanden sich mit der Zeitungsnachricht über die Unterdrückung der Arbeiter in Granada und setzten sich in die bildhafte Formulierung von «It Started I» um. Alle fünf Figuren des Bildes stehen in der Vertikale, stehen zunächst für sich selbst, bilden einen je eigenen Schwerpunkt. Obwohl sie zusammen eine bewegte Szene, ein Handgemenge bestreiten, ist der Aufeinanderprall doch wie gebremst, werden die Bewegungen der beiden Polizisten, welche die Arbeiter arretieren, wenig betont. Dieser merkwürdige Widerspruch verleiht dem an sich heftigen, explosiven Bild dennoch eine entrückte Traumhaftigkeit, die ja auch bei Falks weniger engagierten Bildern der Londoner Zeit immer wieder auffällt. Falk hat in der National Gallery die italienischen Meister des 13. und 14. Jahrhunderts eingehend studiert. Vielleicht hat ihm dieses Studium beim Herausarbeiten des Gegensatzes zwischen beruhigter Komposition (Vertikalität) einerseits und dynamischer Aktion anderseits geholfen. Die bewegte Statik der Schlachtenbilder und Kreuzigungsszenen, wie sie die sienesischen und florentinischen Künstler jener Zeit malten, lässt sich von fern mit derjenigen von Falks Bild vergleichen.

Alles Zerrissene in «It Started I» erinnert noch an die tachistische Stromboli-Zeit. So sind die meisten Figuren aus verschiedenfarbigen Flecken wie zusammengestückt, die Körper und Glieder nur locker gefügt, von der Wucht der Aktion gleichsam in Mitleidenschaft gezogen. Auffällige Ruhe wiederum strahlt die bläulichweisse Nacktheit der Gestalt in der linken Bildhälfte aus. Sie ist allerdings durch das von Farbstriemen aufgeküftete Gesicht beeinträchtigt; auch nimmt das eine Auge das Geschehen mit Qual oder Entsetzen wahr. In diesem nackten, langhaarigen Jüngling konzentriert sich Falks positives Bekenntnis. Er verkörpert die aufständische Jugend, von der eine bessere Gesellschaftsordnung zu erhoffen ist, in der keine Arbeiter mehr niedergeknüppelt werden.

Tatlins Turm

Man könnte mir vorwerfen, dass dieser Jünglingsfigur zuviel Bedeutung beigemessen würde, wenn es nicht das Bild «I Like Tatlin» (siehe Abb. 99) von 1971 mit einem vergleichbaren Motiv gäbe. Das Werk ist von der Ausstellung Art in Revolution angeregt, die in der Hayward Gallery zu sehen war. Die Retrospektive gedachte der russischen Avantgarde, die, beflügelt von Lenins Oktoberrevolution, den gesamten kulturellen Überbau des Landes radikal umzugestalten und zu demokratisieren versuchte. Sie zeigte im Modell eine der kühnsten Träume dieser Avantgarde-Künstler: Wladimir Tatlins 1919/20 entworfenes Denkmal der Dritten Internationale. Diese an schräger Achse sich spiralförmig aufwindende Stahlkonstruktion, die mit dem Eiffelturm hätte wetteifern sollen, ist auf Falks Bild zu erkennen. Ein junger Revolutionär, bärtig und gelassen dreinblickend, entwächst Tatlins «Schiefem Turm», überragt ihn. Er darf mit dem Nackten auf dem Bild des Grenadiner Arbeiterstreiks in Zusammenhang gebracht werden. Als Vertreter der Neuen Linken will er das vollenden, was schon Tatlin angestrebt hat: eine neue Gesellschaft, in der die Technik nicht mehr den Menschen bedroht, sondern seinen Bedürfnissen dient.

Alle weiteren Bilder der Serie «It Started» (vgl. Abb. 81) kreisen um die damals unter freiem Himmel abgehaltenen Popkonzerte. Man muss sich erinnern, dass zu der Zeit Pop- und Beatmusik von der revoltierenden Jugend als gemeinsame Sprache verstanden wurde. Mit den Free Concerts wollte sie wenigstens symbolisch der allgemeinen Kommerzialisierung entgegentreten. Falk wohnte der wohl berühmtesten Manifestation dieser Art bei, als die Rolling Stones im Hyde Park spielten und mindestens 300000 junge Menschen auf die Beine brachten. Aber die ganze Protestbewegung verfiel schliesslich selbst der Korrumption, was sich in der Bilderserie von Falk insofern niedergeschlagen hat, als in den späteren Fassungen das Moment der Hoffnung immer weniger deutlich hervortritt. Aber über «It Started II» (siehe Abb. 81) liegt noch die Stimmung der Erwartung, des Aufbruchs, des möglichen Neubeginns. Auf einer weiten Ebene lagern sich die Menschen, dicht gedrängt unter ihren Decken. Diese sind in verschiedenen Graustufen gehalten und geben so etwas von der Tönung des Zeitungsbildes wieder, das den Künstler zu seiner malerischen Umsetzung inspirierte. Auch die Rasterstruktur des Zeitungsdruckes ist angedeutet. Falk erreichte diese Wirkung, indem er die Farbe durch ein Tuch presste. Einzelne Fans haben den Schlaf abgeschüttelt, haben sich erhoben; da und dort ragt ein Transparent in die silbrige Morgenfrühe. Ein gelber Lichtstreif begrenzt den hohen Horizont: er suggeriert Weite und Offenheit. Im Grunde hat sich in diesem Bild das «Bekenntnis» im Sinn von Farner bereits auf dieses eine Farbzeichen reduziert. Zusammenfassend lässt sich sagen: Falk leidet, wenn er soziale Unterdrückung wahrnimmt. Er hat als Künstler — gerade auch in seinen Anfängen — immer wieder darauf reagiert. Aber er ist kein Gläubiger, kein Mitstreiter eines gesellschaftsverändernen Vortrupps. Er statuiert in London häufiger die Fäulnis einer sterbenden Epoche als die Heraufkunft einer neuen. Aber auch diese Kritik — ist es überhaupt immer eine? — wird differenziert, nicht plakativ vorgetragen. Falk neigt eher zur Verschlüsselung als zur Verdeutlichung. Da er wie ein Seismograph die Erschütterungen und Veränderungen seiner Umgebung registriert, konnte ihm das allgemeine Versanden der progressiven Kräfte während des Londoner Aufenthaltes nicht entgehen, und daher blieben die Bilder eines bekennenden Realismus in der Minderzahl.

79 It Started I, 1970, Acryl/Lwd, 140×196 cm

80 Starting Points, 1971, Acryl / Lwd, 118 × 155 cm

81 It Started II, 1970, Acryl/Lwd, 141×196 cm

82 People Show, 1969, Kreide/Collage/Papier, 26×47 cm

83 Liquid Dream, 1971, Acryl/Lwd, 94×125 cm

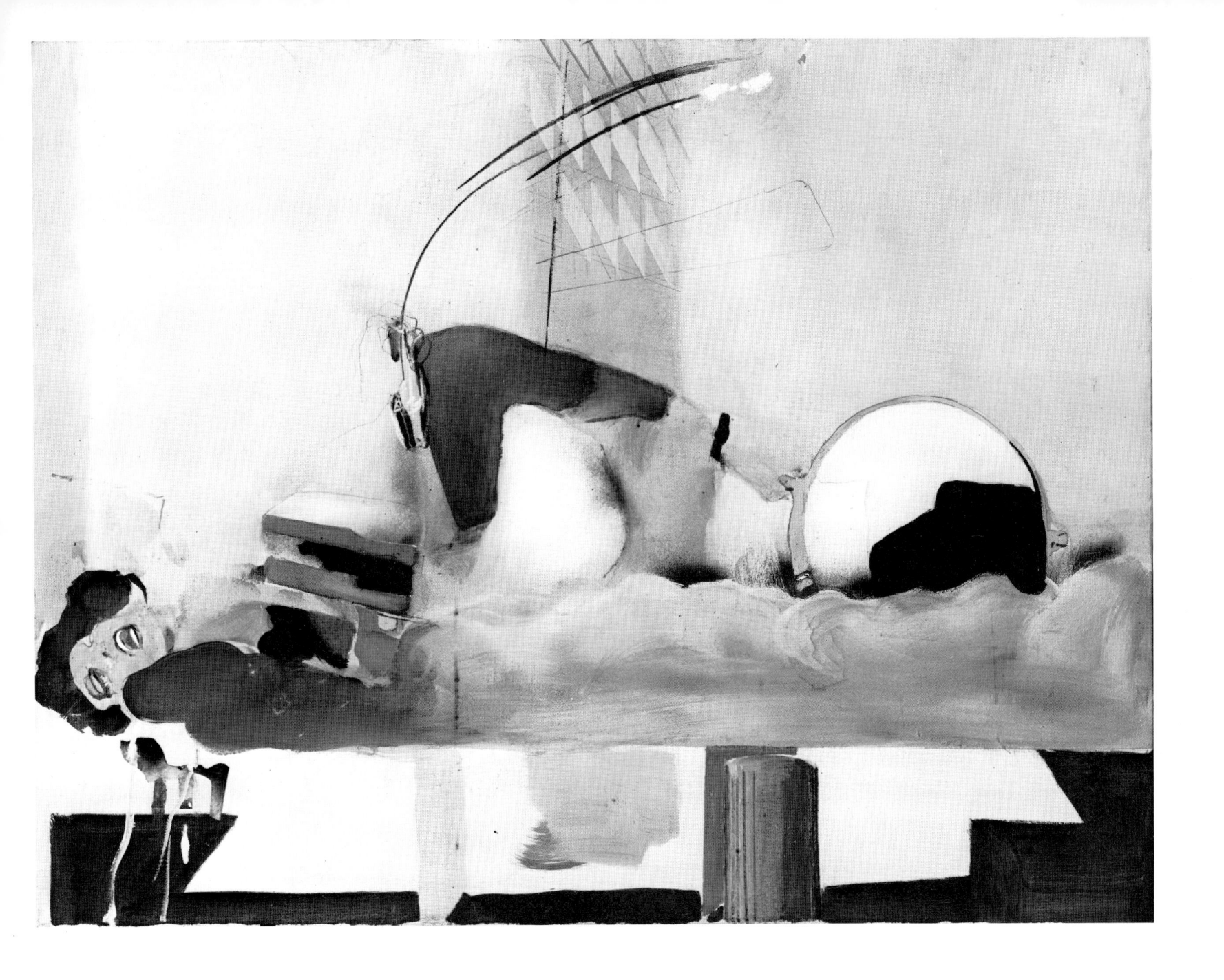

84 Yvonne In The Studio St. Giles Passage, 1970, Kreide/Papier, 55×79 cm

85 Reflected Image, 1970, Acryl/Collage/Lwd, 94×125 cm

86 Mordechai And Mr. Vip In The Glass Saloon, 1970, Acryl/Collage/Lwd, 94×125 cm

136

87 It´s Not Yage, 1971
Acryl/Lwd, 155×118 cm
88 Food For Love, 1971
Acryl/Collage/Lwd, 228×175 cm

89 Paradise Now, 1969, Gouache/Papier, 25×32,5 cm

90 A Not Very Specific Situation, 1972, Acryl/Lwd, 155×202 cm

91 Flashbulbs Through A Window, 1971, Acryl/Lwd, 120×172 cm

92 Purple-Orange Flashes, 1971, Acryl/Lwd, 155×202 cm

London 1972
6. Juli

Es gefällt mir unsere Gesellschaft so zu zeigen wie sie ist, in kompletter Fäulnis. Doch da es sich um eine recht komfortable Fäulnis handelt ist es recht erheiternd sie zu malen.

Man muss einfach seinen Tisch machen – ohne alle Umschweife. Früher ich bekämpfte diese Gesellschaft und finde es gleichzeitig ausserordentlich einfach, sich in sie zu integrieren.

Ich glaubte, dass unsere Zivilisation dem Ende entgegen gehe. Das war eine Illusion. Jetzt sehe ich keine Lösung deswegen, beschäftigt mich die Zerstörung. Überall zeigt sich eine Verstärkung der extremen Rechten. Wenn ich mir überlege ist der orthodoxe leninistische Marxismus nicht übler als anderes. Gehen wir also von ihm aus ohne Illusionen. In Wirklichkeit ist unser Leben ein permanenter Wahnwitz, das darf man nie vergessen.

Fast alle Tauglichkeit, noch mehr zu konsumieren, zu fressen, zu vernichten, zu leiden (Krüppel in Lourdes) Jede Sekunde den Test als sicheren Beweis wie manipulierbar die Masse sein wird –

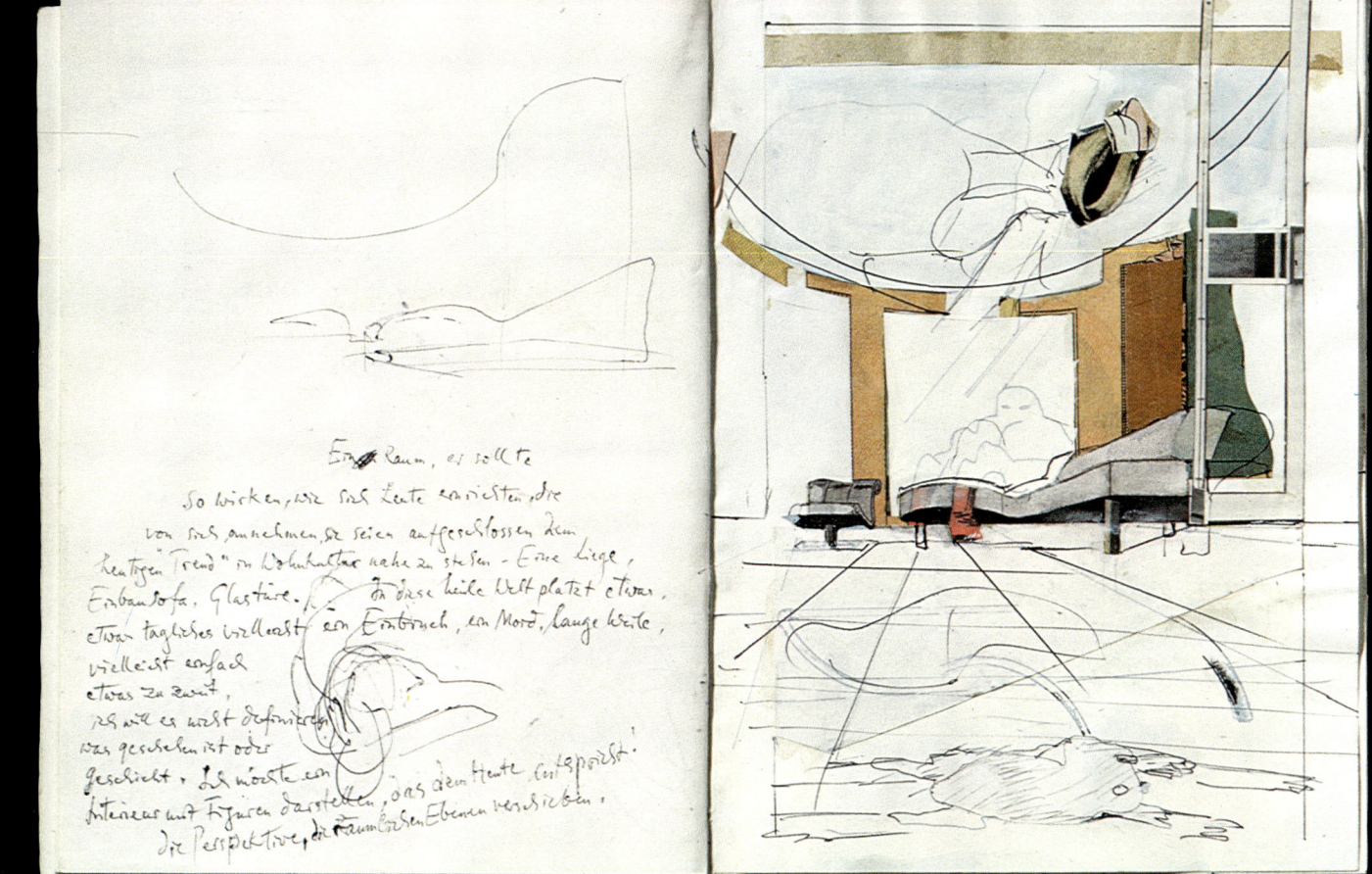

93 From The London Sketchbook
1972, Tinte / Papier, 25 × 25 cm
94 Sketch To Food For Love, 1971
Tusche / Collage / Papier, 23 × 18 cm
Comics For A Sporting Heroe, 1971
Aquarell / Tusche / Collage / Papier
23 × 18 cm
Sketch To The Saloon, 1971
Aquarell / Tusche / Collage / Papier
23 × 18 cm

95 The Cloudy Banquet, 1971, Acryl/Lwd, 155×202 cm
96 Playgrounds, Study London/New York, 1973, Aquarell/Tusche/Collage/Papier, 49×72 cm
97 Playgrounds, Study London/New York, 1973, Aquarell/Tusche/Collage/Papier, 49×72 cm

145

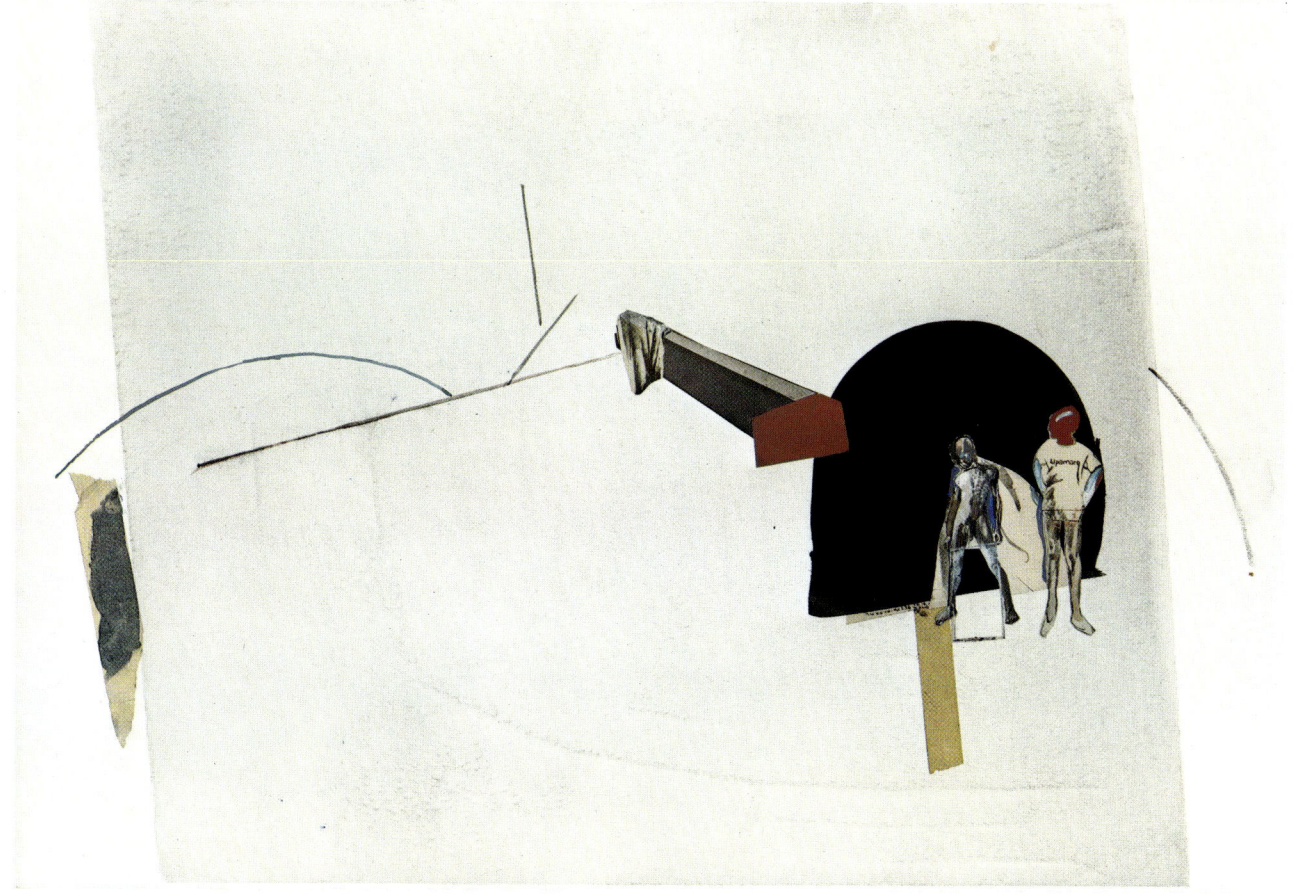

146

98 Olympic Games, 1971
Acryl/Lwd, 202×175 cm
99 I Like Tatlin, 1971
Acryl/Lwd, 202×155 cm

100 Hypnotic Mirror, 1971, Acryl/Lwd, 175×228 cm

101 About Tiger Cages (Con Sou), 1971, Acryl/Lwd, 155×202 cm

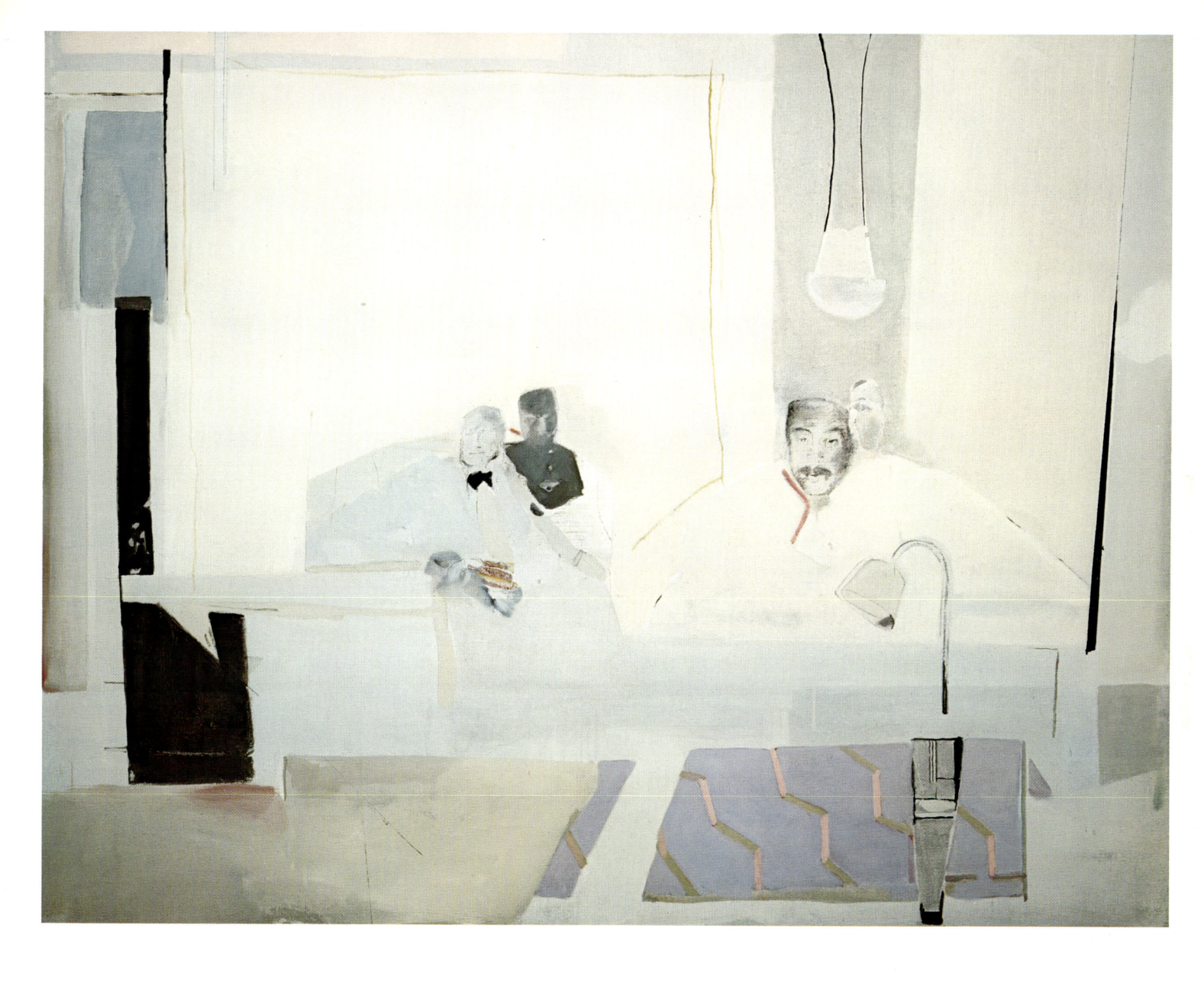

102 Paradise Now, 1969, Gouache/Papier, 25×32,5 cm

103 It Started IV, 1971, Acryl/Lwd, 155×202 cm

Colored Finger

Bedrohte Identität, New York 1973/74

Rund vier Jahre London stehen einem guten Jahr New York (März 1973 bis Mai 1974) gegenüber. Man kann nicht mit der gleichen Berechtigung von einer New-Yorker Phase wie von einer Londoner Phase reden; tatsächlich hat Falk ja anfänglich seinen «Londoner Stil» auch jenseits des Atlantischen Ozeans wenig verändert fortgesetzt.
Es blieb Falk gerade genug Zeit, um zu lernen, sich in dieser faszinierendsten und gnadenlosesten Stadt der westlichen Welt einigermassen zu orientieren; aller Voraussicht nach wird er nächstens dorthin zurückkehren. Er war auch lange genug in New York, um sich eines deutlichen Klimawechsels gegenüber London bewusst zu werden. Mochten in London die progressiven Bewegungen sich allmählich verflacht und die wirtschaftlichen Schwierigkeiten des Landes sich ständig verschärft haben, so war dennoch eine langgeübte Toleranz und Liberalität der Bevölkerung nicht einfach auszulöschen; so blieben doch stets noch — so schien es Falk — genügend Freiräume für Andersdenkende, für Künstler, Farbige und andere Randgruppen. Man traf hier (laut einer Bemerkung in einem der Skizzenbücher) eine «komfortable Fäulnis», eine Dekadenz, in der es sich leben liess. In New York hingegen schlug Falk eine Law-and-Order-Luft entgegen; die Weltmacht Amerika war von Krisen geschüttelt, der Watergate-Skandal geplatzt (Falk hat ihre Hauptakteure gezeichnet, wenn sie auf dem Bildschirm der Television erschienen). Anfänglich wohnte er Lower Eastside an der Bowery 215, einer der fürchterlichsten Elendsstrassen der Welt. Hier scheuen Verwahrlosung, Gewalttat, Drogenhörigkeit, sexuelle Ausbeutung schlimmster Art den hellen Tag nicht. Im November 1973 zog Falk in eine gemässigtere Gegend um, ins Hotel Woodstock am Times Square (43rd Street), einem Jugendstilbau aus dem Jahr 1906. Die Stadt faszinierte und erschreckte zugleich. «New York, dieser steinerne Wutanfall einer kapitalistischen Metropolis»: Falk hat diese Wendung, die er in der Zeitschrift «Der Spiegel» las, in einem seiner Skizzenbücher festgehalten.

Zerrissene Welt

In Bildern wie «Phantom Limbs», «Cut Out», «Test» oder «Oh Say Can You Seeeee!» (vgl. Abbn. 112, 109, 118, 114) verbindet sich, genau wie in London, Acryl-Malerei mit Collage-Elementen, die Zeitungen entnommen sind. Aber die Farbe ist kraftloser geworden, zuweilen tödlich fahl und der Motivzusammenhang aufgelöst oder aufgebrochen, am extremsten in «The Very One» (vgl. Abb. 110). Hier sind in doppelter vertikaler Reihung meist fragmentarische Bildzeichen angeordnet und gleichzeitig voneinander isoliert — als Ausdruck einer zerrissenen und amputierten Welt, wie sie auch schon der Werktitel «Phantom Limbs» (Phantomglieder, siehe Abb. 112) beschwört. Wem gehört hier der abgetrennte Frauenunterarm mit seiner abwehrenden Geste? Ein anderer Titel lautet «Cut Out» (siehe Abb. 109), was soviel wie «ausgeschnitten», aber auch «ausgeschaltet» heisst. Wie um in die Thematik einzuführen, ist am oberen Bildrand ein Schnittmusterbogen aufgeklebt. Dem Bogen rechts sind in vertikaler Anordnung drei sechsstrahlige, rosettenartige Ornamente aufgesetzt. Es sind die Schlitze im Boden einer Seifenschale, die Falk als Schablone dienten. Dieselbe Rosettenform ist auf dem gesichtslosen, metallisierenden Kopf der Frauenfigur rechts aufgetragen. An dieser Stelle steht sie mit make-up-betonten Wimpern. Falk hat in seinem Bild die Eindrücke von einem Damen-Rollerderby im Madison Square Garden verarbeitet, einer Veranstaltung, die als Glamour Show einerseits, als zermürbender Gladiatorenkampf anderseits die Massen zur Begeisterung hinreisst. Die vergewaltigende Brutalität dieser als Sportvergnügen deklarierten Demonstration drückt sich in «Cut Out» etwa darin aus, dass die bereits erwähnte Frauengestalt — die Farbwechsel Schwarz-Blau-Gelb deuten den gepolsterten Kampfdress an — wie zerstückt oder demoliert erscheint. Ein Schminktischchen (die Kosmetikutensilien sind durch vier ovale Lippenstiftflecken repräsentiert) schiebt sich schräg zwischen den Kopf und die nach unten verschobenen Brüste; durch die Vagina dringt eine diagonale Stange oder ein Seil.
In einem Bild wie «Falling» (siehe Abb. 117) kündigt sich eine Entleerung der Gestaltungsfläche an. Die hier erscheinenden Figuren sind nur noch als Abklatsch, Schatten, Symptom von Menschlichem gegenwärtig. Zwei von ihnen schweben, fallen oder stürzen als Flug-

formen durch das Nichts. Falk hat diese Schemen mit der Farbspraydose aufgetragen. Er kam darauf, weil hauptsächlich schwarze und puertorikanische Gangs sich als unterdrückte Randgruppen in Erinnerung rufen, indem sie U-Bahnzüge mit Farben aus Spraydosen markieren.

Die Ausräumung der Gestaltungsfläche erreicht in denjenigen Werken ihren Höhepunkt, die im Hotel Woodstock entstanden sind. Falk wandte sich in diesen 1974 geschaffenen Werken aufs neue nichtfigurativen Lösungen, op-artigen Texturen und Strukturen zu. Diese einigermassen überraschende Rückkehr zur «Ungegenständlichkeit» muss noch erklärt werden. Um so eher, als ebensogut zu erwarten gewesen wäre, dass Falk auf ein gegenüber London rücksichtsloseres, aber auch chaotischeres New York mit einem die Anklage steigernden, die Gesellschaftskritik vorantreibenden Realismus antworten würde.

Zivilisationsschutt

New York bietet ganze Ersatzwelten in Gummi und Plastik an, gaukelt so den Unbemittelten die Illusion von Prestige und Reichtum vor. Selbst gotische Schlafzimmer und maurische Intérieurs sind in Polyester zu haben. Der Strand des Vergnügungsparks Coney Island ist von rosafarbenen Gummitieren und -puppen übersät, kalte Tröster frustrierter Männer und Frauen, Parodien auf glückliche Kindertage. Falk fand in «Phantom Limbs» für solche rosarote Scheusslichkeit ein formales Äquivalent, fügte es einer geschlechtlichen Kopulation ineinander verschränkter, nur ausschnitthaft gegebener Körper an. Im Fortschreiten der Bildentstehung wurde das Rosagebilde aber mit Silber übersprayt, und es überlagerte sich eine fletschende Schweinsmaske. Zum Menschenschutt gesellen sich Abfälle: Präservative, eine aufgerissene Konservendose. Andere Gegenstandswracks erkennt man, ebenfalls am unteren Bildrand, in «Oh Say Can You Seeeee!»: ein aufgeklebtes Stück Asphalt, eine gemalte Asbestschale, wie sie auf der Bowery herumliegen. Das heisst, im Kontext gelesen: Mensch oder Produkt, der Unterschied fällt nicht ins Gewicht, verbrauchen sich rasch, werden zum Ausschuss und Zivilisationsmüll. Auffällig häufig (z. B. in «Phantom Limbs», «The Very One», «Oh Say Can You Seeeee», «Salve», siehe Abbn. 112, 110, 114, 107), gemalt oder collagiert, taucht das Bildnis von David Bowie auf: aufgeschminkt, im erigierenden Zustand, als abgetakelter Todesengel, in einer Art von Heiligenschein. Bowie hat den «Dekadenz-Rock» aufgebracht. Er pflegt in transvestitischer Verkleidung auf die Bühne zu kommen, predigt geschlechtliche Freiheit, Bisexualität und wünscht sich möglichst viele seiner Organe durch entsprechende Plastikapparaturen ersetzt, um so als eine Art Übermensch Alter und Zeit zu besiegen. Bei Falk erscheint er als der Inbegriff einer kranken, dahinserbelnden Welt, einer auseinanderbrechenden Zivilisation.

Die Woodstock-Tapete

Wie bereits erwähnt wurde, bezeugen die 1974 im Hotel Woodstock entstandenen Werke eine erneute Hinwendung zur Nichtfiguration. Es entstanden Bilder mit einfacher Ausmarkierung rechteckiger Felder («Ready to Paint», vgl. Abb. 119), die sich mit einem am unteren Bildrand in Schichten verlaufenden, sich an den Enden aufstauenden und verkröpfenden Gebilden kombinieren können. Bei zwei weiteren Werken, die nichts als horizontal oder vertikal verlaufende Wellenmuster zeigen, weist schon der Titel («The Woodstock Wallpaper I und II», vgl. Abbn. 120, 115) darauf hin, dass Falk sich von Resten alter Tapeten inspirieren liess, die er im Hotelkeller vorfand. Die weisse Farbe (durch Gaze auf die Leinwand gedrückt) spielt ins Gräuliche und Blassrosa, sie zerfliesst und verschimmert vor den Augen.

Auf allen im Hotel Woodstock gemalten Bildern ist die Farbe herabgedämpft, setzt sich schliesslich eine Tendenz zur Monochromie durch. Schon einmal, 1965/66 auf Stromboli, liess Falk in einer ganzen Serie von Bildern bei äusserster Sparsamkeit der Form ein nur wenig gebrochenes Weiss vorherrschen, was sowohl damals als auch in New York nicht anders denn als Versuch, sich geistig zu sammeln, als Rückzug auf eine Position der Innerlichkeit zu deuten ist. Falk war ausgezogen, um eine der ungeheuerlichsten Städte dieses Planeten zu erkunden. Die gegensätzlichsten Eindrücke drangen pausenlos auf ihn ein: gigantische Extreme, Armut und Reichtum, Chaos und Superorganisation, Verschwendung und Verschleiss. Anfänglich hielt er auch mit seiner Kunst all dem stand. Dann aber wurde er gezwungen, Atem zu holen; seine eigene Identität war durch die täglich anbrandende Reizflut bedroht. Und nun hielt er sich gleichsam an einem symbolgeladenen Nichts fest, an einem Stück Tapete, das aus unerklärlichen Gründen seit dem Jahr 1906 im ganzen Hexenkessel überdauert hatte.

Doch ist mit diesen vorläufig letzten Bildern, die in Falks Schaffen ein Äusserstes an Reduktion und, psychologisch gesprochen, ein Äusserstes an Introversion darstellen, nichts endgültig entschieden. Der Künstler wird nach New York zurückkehren, und er wird die Metropolis, soweit das sich überhaupt so sagen lässt, besser in den Griff bekommen.

156

105 Behind The Paravent, 1973
Tusche / Collage / Papier
33,5 × 26,5 cm
106 Hairy Movies, 1973
Acryl / Collage / Lwd
202 × 155 cm

107 «Salve», 1973, Acryl/Lwd, 118×155 cm

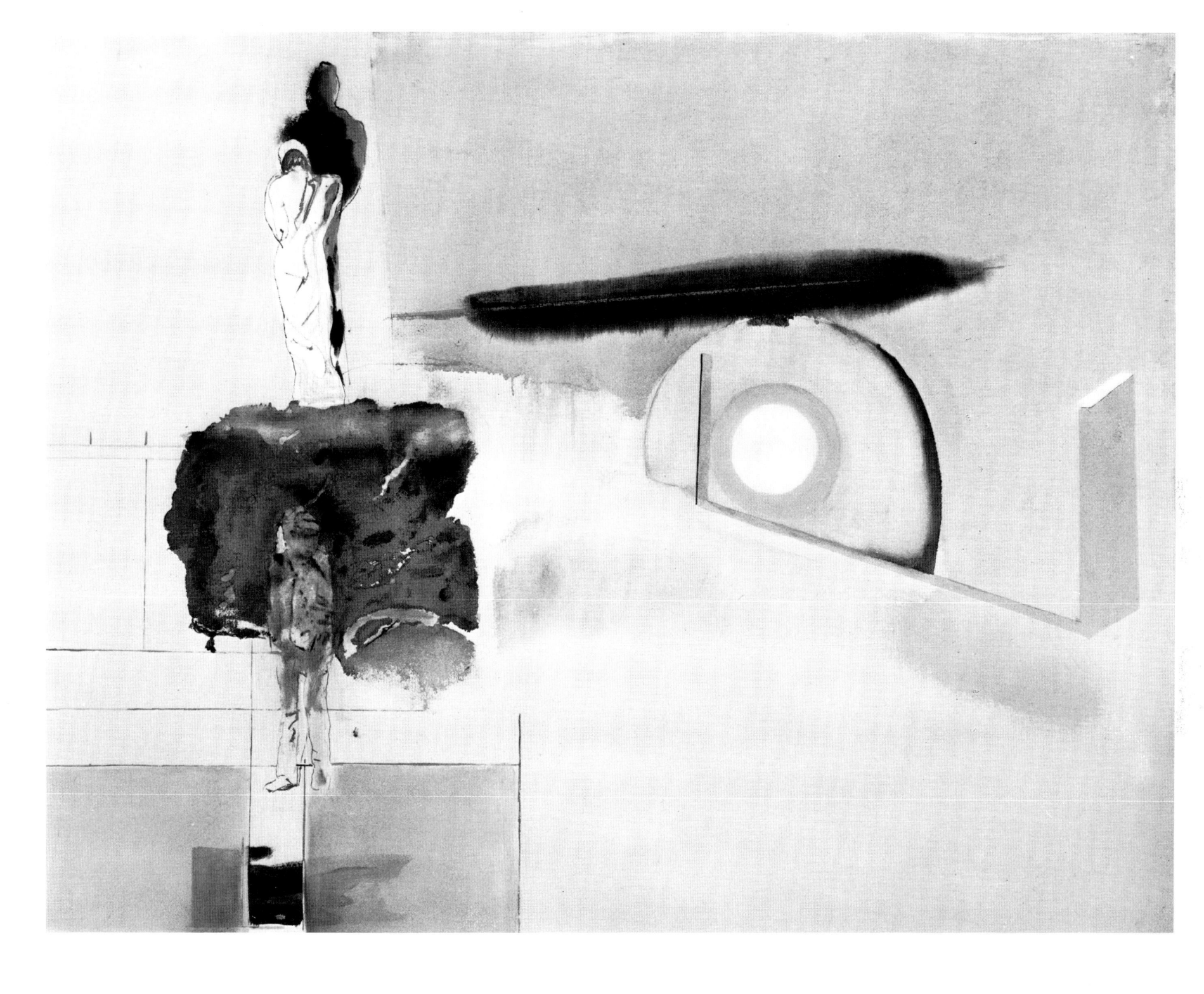

108 Gnade II, A Woman, A Child, A Last Piece Of Nature, 1973, Acryl/Lwd, 118×155 cm

160

109 Cut Out, 1974
Acryl / Collage / Lwd, 202×155 cm
110 The Very One, 1973
Acryl / Collage / Lwd, 155×118 cm

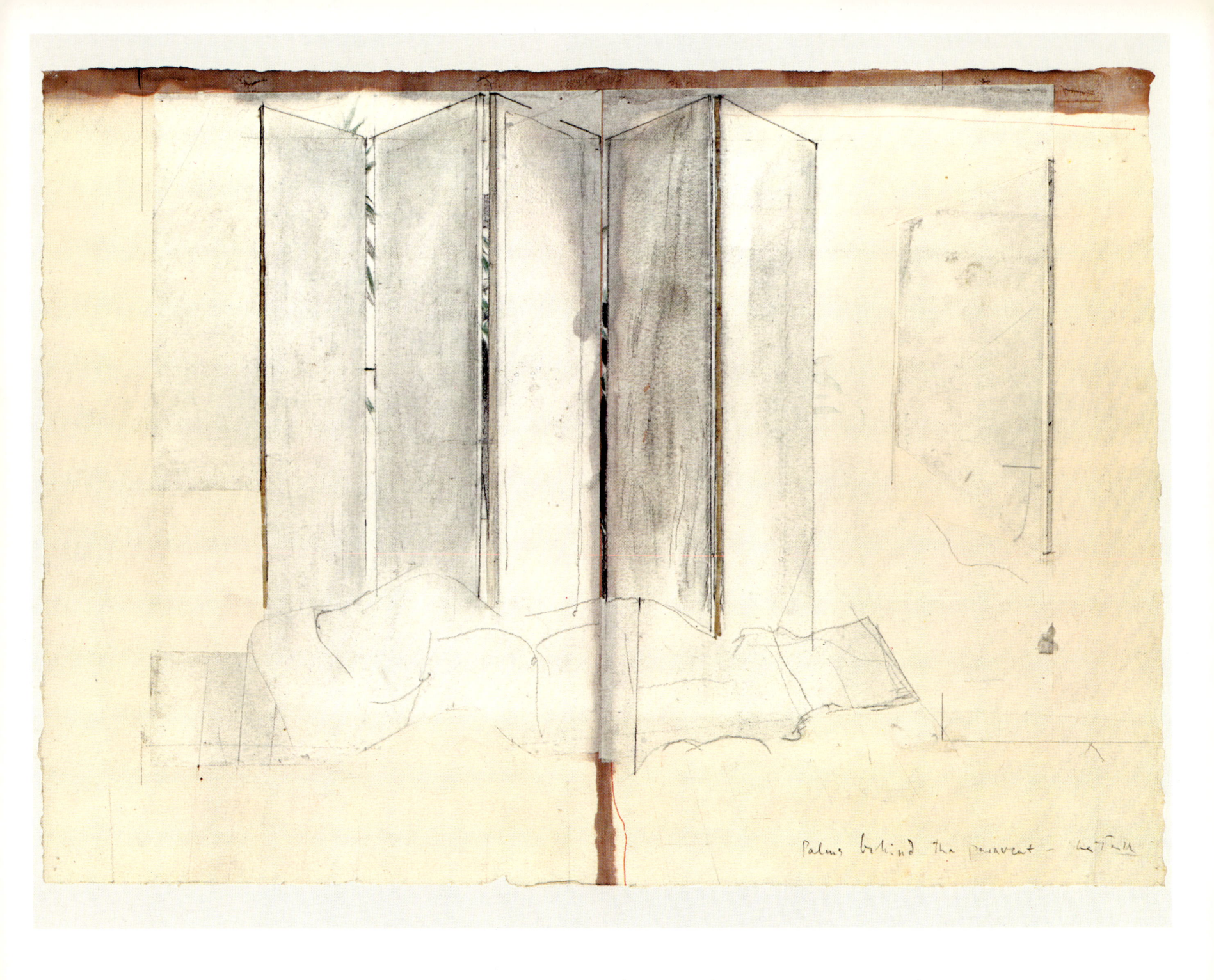

111 Palms Behind The Paravent, 1973, Aquarell / Collage / Papier, 31×44 cm

112 Phantom Limbs, 1973, Acryl/Silber/Collage/Lwd, 155×202 cm

113 Big Vertov, 1973, Acryl/Lwd, 155×202 cm
114 Oh Say Can You Seeeee!, 1973, Acryl/Collage/Lwd, 155×118 cm

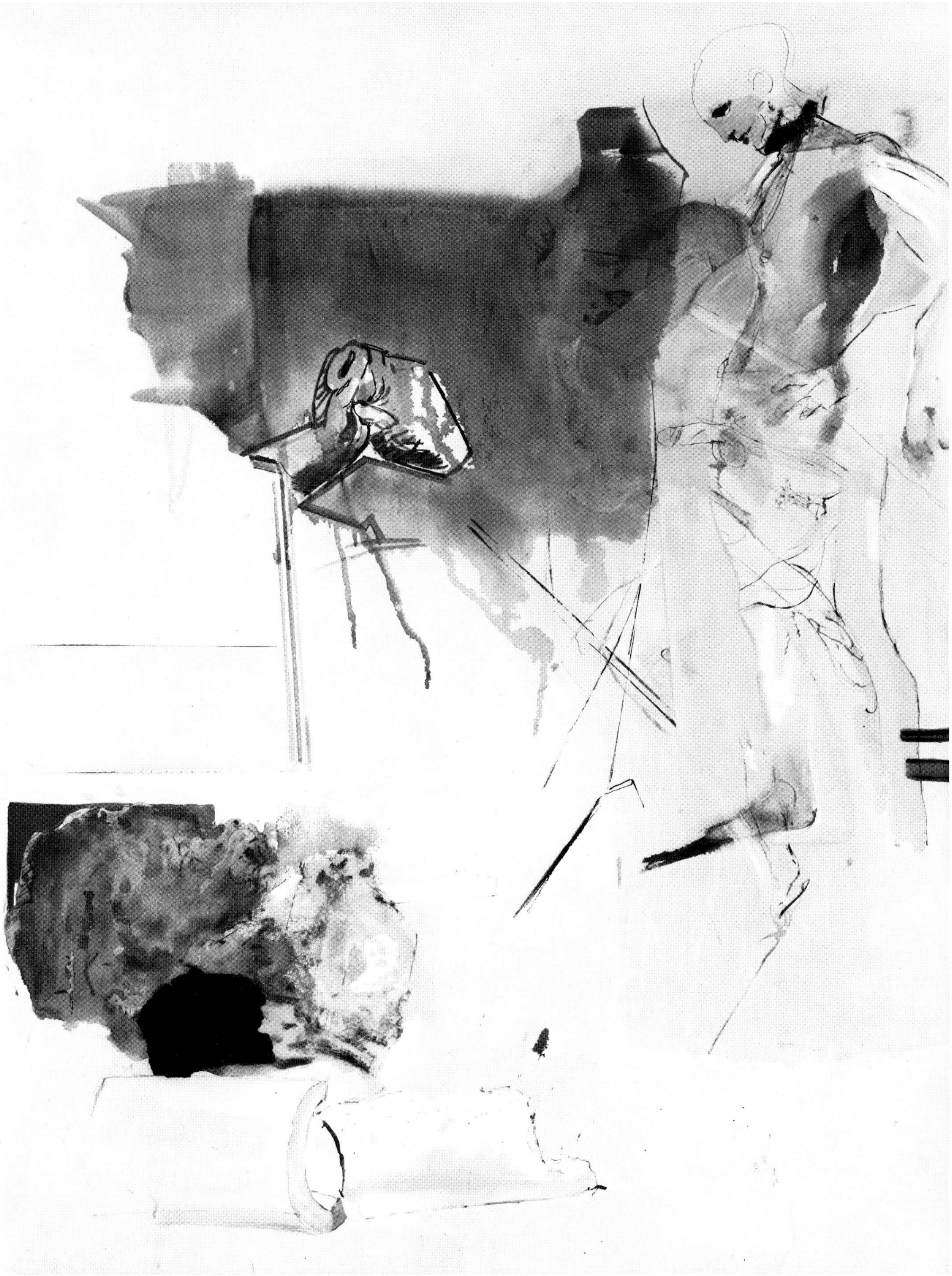

115 The Woodstock Wallpaper II, 1974, Acryl/Lwd, 155×202 cm

116 Lock At The Apartment, 1974, Acryl/Collage/Lwd, 155×202 cm

117 Falling, 1974, Acryl / Lwd, 155×202 cm

118 Test, 1973, Acryl/Collage/Lwd, 118×155 cm

119 Ready To Paint, 1974
7 Rectangles, 2 Squares, Fixed With Black Scotch Tapes And The Idea Of Relax From Work
Acryl / Lwd, 155 × 202 cm

120 The Woodstock Wallpaper I, 1974, Acryl/Lwd, 155×202 cm

Zum zeichnerischen und graphischen Werk

Das zeichnerische und druckgraphische Werk von Hans Falk ist so gewichtig, dass es wohl verdiente, in einem besonderen Buch gewürdigt zu werden. Der Künstler ist nicht nur als Plakatgestalter hervorgetreten, sondern er hat sich auch als Buchillustrator (hauptsächlich von Werken russischer Autoren wie Dostojewski, Gogol, Tschechow, aber auch von Dichtungen Apollinaires und Dürrenmatts) und als Schöpfer von Lithographienmappen Bedeutung erlangt. (Zu erwähnen wären die Reiseimpressionen von Spanien und Marokko mit Tagebuchblättern von Charlotte Falk oder die Bildnisfolge des Mimen Marcel Marceau.) Er war zeichnerischer Mitarbeiter der von «Time Life» herausgegebenen amerikanischen Zeitschrift «Fortune». 1957/58 bereiste er im Auftrag der Zigarettenfirma Neuerburg in Köln die Tabakgebiete der USA (South Carolina) und von Griechisch-Mazedonien. Die auf diesen Reisen entstandenen Zeichnungen wurden vom Auftraggeber in Buchform publiziert. 1968 hielt er als Malergast von Lenzburg AG die Schönheiten der historischen Architektur und das politische Leben dieses Städtchens fest. Auf allen seinen Reisen und bei längeren Aufenthalten begleitet ihn das Skizzenbuch. Er nimmt es auf die Strasse, in die Untergrundbahn, in die Museen und ins Theater mit. Es dient ihm, sich am jeweiligen Aufenthaltsort einzuleben. Er fängt auf seinen Seiten das besondere menschlich-regionale oder ethnische Klima eines fremden Landes oder einer fremden Stadt ein, oder er tastet sich in ihm an einen neuen persönlichen Stil heran, der ja bei längerem Verweilen an einem Ort (in Stromboli, London und New York) jedesmal von der entsprechenden Umgebung mitgeprägt wird. Er anvertraut den Skizzenbüchern auch seine schriftlich formulierten Gedanken zur Kunst und zu den Tagesaktualitäten. Ausschnitte aus Zeitungen und Zeitschriften fügen sich zu Collagen. Diese geben den Anstoss für die endgültige malerische Formulierung. Damit ist auch gesagt, dass die Skizzenbücher mit der gleichzeitigen Bildgestaltung und -thematik parallel laufen, dass sich in ihnen grundsätzlich kein anderer Falk enthüllt, als er sich dann in den Tafelbildern kundgibt. Nur für die New-Yorker Skizzenbücher ist eine Ausnahme anzumerken. Von ihnen ist die neuerliche Wendung zur Nichtfiguration nicht abzulesen. Es ist im Gegenteil festzustellen, dass gewisse Studien der New-Yorker Zeit sich zu einem immer krasseren Realismus gesteigert haben.

122 Im Atelier, 1942, Bleistift/Tusche/Papier, 38×42 cm

123 Irische Schafe, 1958, Tusche / Kreide / Aquarell / Papier, 39 × 59 cm

124   Hund, 1958, Tusche/Kohle/Papier, 54×75 cm

125 Begegnung auf marok-
kanischem Boden, 1947
Bleistift / Papier, 35 × 27 cm

126 Sohn des Chan
Tribu der Kaschgai
Schiras (Persien), 1951
Bleistift / Papier, 28 × 28 cm

127 Wasserträger, Studie, 1942, Kreide/Papier, 70×62 cm

128 Netzträger, Studie, 1942, Kohle/Papier, 56×62 cm

129 Mr. & Mrs. Levy, Tripolis, 1956, Farbstift/Papier, 19×28 cm

Mein Skizzenbuch führe ich als laufende Notierung meiner Beobachtungen und Gedanken. Seit den Tagen in der Calle Joaquín Costa 13, Algeciras, den dortigen Fischmärkten, in den Souks von Marokko und Tripolis, den Friedhöfen und Gräbern ermordeter Juden und Studenten, in Oslo und Trondheim, den sassanidischen, achämenidischen Reliefs in Persepolis, den Subway-Stationen Londons, bis zur Bowery in New York, den irrlichternden Torfmooren Irlands und dem lavaverkrusteten Stromboli. Hunderte von Eintragungen entstanden. Sie bilden das Salz zu meinen Bildern, die aus diesen Erfahrungen wuchsen.

130 Marokkaner im Palais der Wache, 1947, Kreide/Papier, 19×28 cm

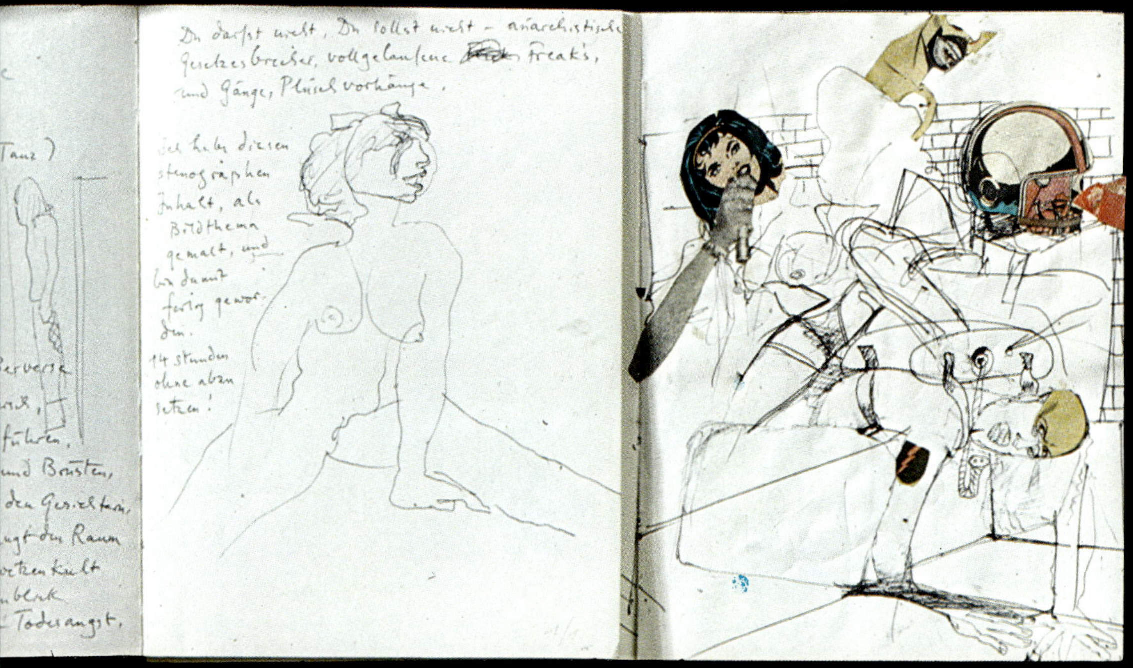
Du darfst nicht, Du sollst nicht – anarchistische Gesetzesbrecher, vollgelaufene Freaks, und Gänge, Plüschvorhänge.
Ich habe diesen stenographen Inhalt, als Bildthema gemalt, und bin damit fertig geworden.
14 Stunden ohne abzusetzen!

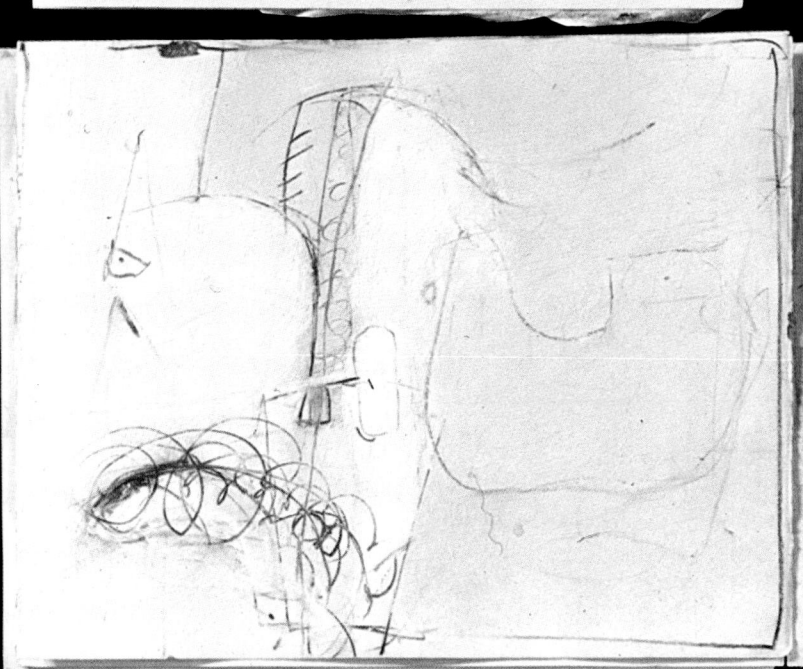

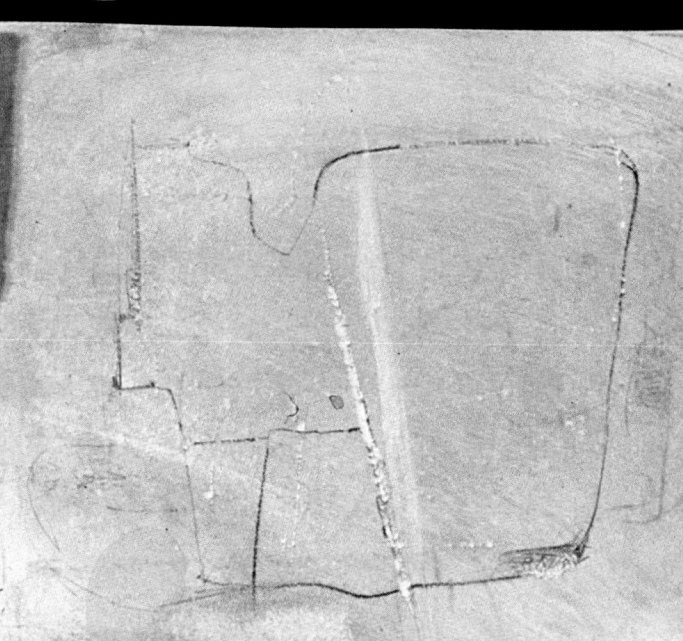

131
Linke Seite:
Aus den
Skizzenbüchern:
New York, 1973
Aquarell/Collage
Papier
35×54 cm
London, 1971
Tinte/Collage/
Papier
23×18 cm
Stromboli, 1961
Gouache/Karton
28×22 cm
Stromboli, 1961
Kohle/Papier
26×21 cm

Rechte Seite:
Irland, 1959
Kohle/Papier
19×23 cm
Stromboli, 1961
Kreide/Papier
22×28 cm
Cornwall, 1958
Kohle/Papier
19×23 cm
Irland, 1959
Kohle/Papier
19×23 cm
Stromboli, 1961
Gouache/Papier
22×28 cm

186

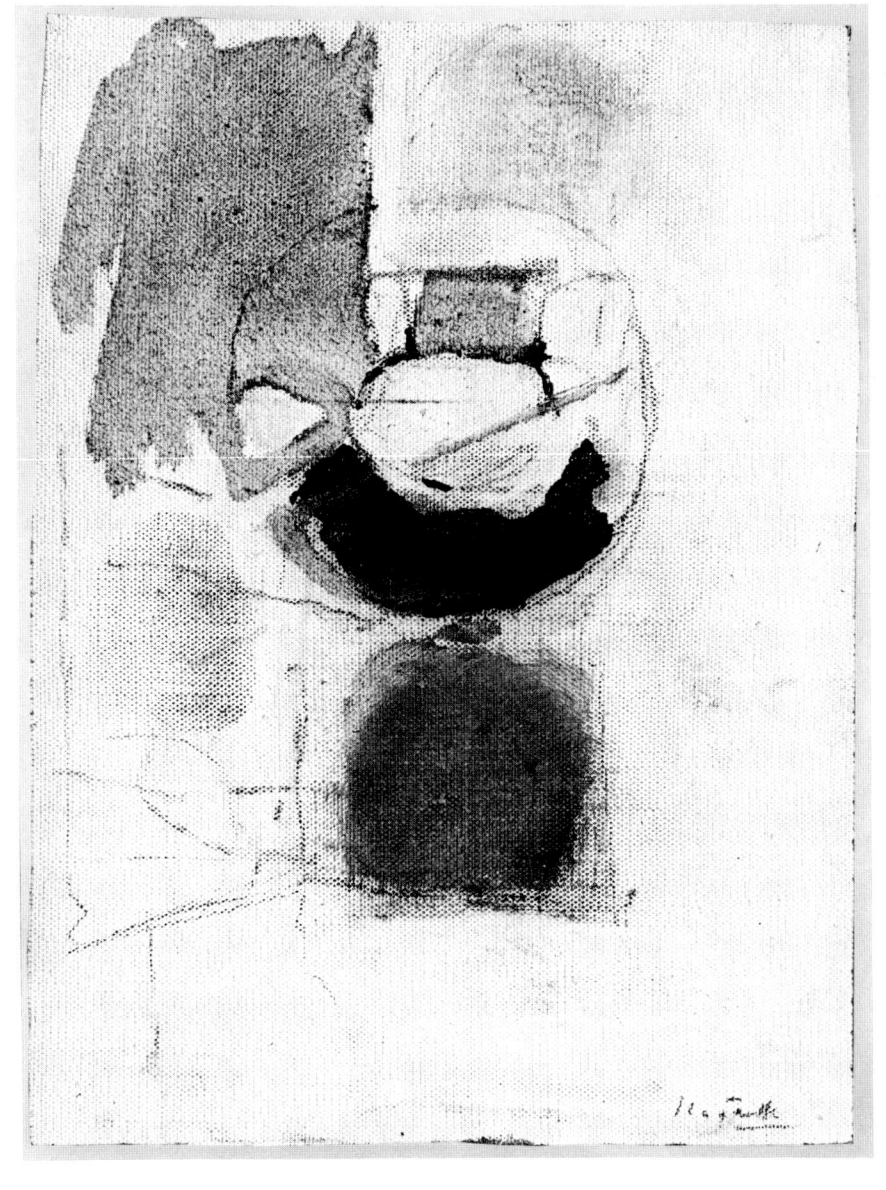

132 Stromboli, 1960/61, Gouache/Öl/Lwd, 30×22,5 cm
133 Stromboli, 1965, Gouache/Papier, 73×102 cm
134 Stromboli, 1965, Gouache/Papier, 74×102 cm
135 Stromboli, 1961, Kohle/Kreide/Papier, 38×56 cm

188

136 The Lemon Center:
Let Us Eat His Body Now!
Beginn der Bowie-Bilder
1973, Collage / Filzstift
26 × 22,5 cm

137 US-Movie-Stars
Of The Fortieth
(TV Channel 13)
Filzstift / Farbstift / Papier
28 × 23 cm

Plakatgestaltung

Atelier am Bleicherweg, Zürich, 1942–59. Studien und ausgeführtes Plakat: «Schweizer, helft Euern heimgekehrten Landsleuten»

Aus verschiedenen Gründen möchte ich mich im folgenden allein auf Falks Plakatgestaltungen beschränken. Nicht nur weil sich der Künstler auf diesem Gebiet einen internationalen Namen gemacht hat, sondern auch weil das schweizerische Plakatschaffen insgesamt im eigenen Land und in der ganzen Welt grosse Beachtung geniesst — auch heute noch, da dem schweizerischen «Plakatstil» etwa in der Tschechoslowakei, in Polen und Kuba ernst zu nehmende Alternativen entgegengesetzt werden; da die schweizerischen Werbeleute, die Kunstrezensenten und die Plakatkünstler selbst dieses Schaffen vermehrter Kritik unterziehen, wobei oft behauptet wird, die grossen Leistungen der Schweiz auf diesem Gebiet würden bereits der Vergangenheit angehören. Mit dieser lebendigen Anteilnahme an der schweizerischen Plakatgestaltung steht auch im Zusammenhang, dass das Studienmaterial leicht zugänglich ist, was anderseits von Falks meist bibliophilen Buchillustrationen und Mappenwerken nicht behauptet werden kann.

Die Sammlung des Kunstgewerbemuseums Zürich bewahrt von Falk 56 Plakate auf; in der Zeit von 1942–63 wurden davon zwanzig vom Eidgenössischen Departement des Innern als «Beste Plakate des Jahres» prämiert. Falks grosser, aber im eigenen Land umstrittener Triumph der siebenteiligen Serie, die im Auftrag der Direktion der Schweizerischen Landesausstellung 1964 in Lausanne (Expo 64, siehe Abb. 145) entstand, lässt sich auch nach elf Jahren leicht erklären, denn diese Plakatfolge war, wie in den damals erschienenen Presseberichten immer wieder zu lesen ist, tatsächlich «anders als alle andern». Niemand zuvor hatte es gewagt, einer tachistischen Lösung «Plakatgerechtheit» und also auch eine werbende Wirkung zuzutrauen. Die Ursachen des Erfolgs, den Falk mit seinen Schöpfungen vor allem der vierziger Jahre erzielte, lassen sich zwar ebenfalls nachvollziehen, liegen aber doch nicht derart auf der Hand wie beim Husarenstreich der Expo-Plakate.

Bestimmend auf der Plakatszene der vierziger Jahre war in der deutschen Schweiz die Basler Schule mit Peter Birkhäuser, Fritz Bühler, Herbert Leupin und Niklaus Stöcklin. Der Neuen Sachlichkeit der zwanziger Jahre nachfolgend, hatten sich diese Gestalter einer Dingmagie verschrieben. Das heisst, das Produkt, für das zu werben war, wurde mit fast überdeutlicher (mitunter nicht unpoetischer) Genauigkeit seiner stofflichen Beschaffenheit in den Mittelpunkt gerückt, ja monumentalisiert. Die Basler knüpften (wie bewusst, ist schwer auszumachen) an die um zwanzig Jahre ältere Gestaltungsweise des Zürchers Otto Baumberger an, wobei aber dessen expressiver Unterton zurückgeschraubt wurde. Bühler und Leupin brachten noch weitere Möglichkeiten ins Spiel: Beide verknappten den genau gesehenen Gegenstand oft zum Bildzeichen, während Leupin allein zur erheiternden Karikatur, etwa zur werbenden Maskotte, neigte oder kombinierte Objektdarstellungen in einen Zusammenhang brachte, der den Betrachter zu Assoziationen anregte. In Zürich arbeiteten Hans Neuburg und Richard P. Lohse mit dem photographischen Bild, einem Gestaltungsmittel, das in den dreissiger Jahren vor allem Herbert Matter für die Schweiz fruchtbar gemacht hatte. Daneben sind Max Bills einprägsam-einfache geometrische Strukturen, die mit der Schrift eine Einheit bilden, ist der surreale Darstellungsstil von Hans Erni zu erwähnen. Solche zwar vielbeachteten Lösungen bedeutender Künstlerpersönlichkeiten blieben aber doch eher verein-

SCHWEIZER
helft Euern
heimgekehrten
Landsleuten
RÜCKWANDERERHILFE
POSTCHECK VIII 4146

zelt, obwohl auch sie (Erni ist da eher auszunehmen) die schweizerische Tradition einer ausgesprochen sachlichen, mitunter kühlen und nüchternen (also nicht reisserisch-anpreisenden oder verführenden) Plakatwerbung weiter befestigten.

In dieses Klima der «sauberen Lösungen» brachte nun Falk etwas betont Malerisches (lies Impressionistisches), etwas Poetisches oder — was die Werbung für karitative Organisationen angeht — etwas menschlich Einfühlendes. Diese Auffassung wurde schon durch die von Falk bevorzugte Aufgabenstellung begünstigt, hat er doch nur ganz ausnahmsweise Plakate gestaltet, die für ein bestimmtes materielles Produkt oder für eine Firma zu werben hatten. Man betrachte das Ferienplakat von 1942 (siehe Abb. 143) mit seinem Blütenast in der oberen Bildzone und dem Wanderer, an dessen geschultertem Stock ein Blumensträusschen gebunden ist, oder den Dressurakt auf dem Circus-Knie-Plakat (1946, siehe Abb. 145), wobei der schwarz-orangerot gestreifte Tiger, ganz gebändigte Wildheit, den Dompteur in den Hintergrund drängt: Stets heben sich Falks geradezu bildhafte Entwürfe von der Alltäglichkeit ab; stets bestechen sie durch ihre Vitalität, ihre Eleganz oder ihre heitere Beschwingtheit. Die von den Fachleuten geäusserte Befürchtung, die sensible, «künstlerische» Gestaltungsweise verdränge das werbende Moment, hegte Falk zuweilen selbst. Aber die Erfahrung zeigte, dass seine Plakate dennoch einen hohen Beachtungsgrad aufwiesen, wohl eben weil sie sich von dem in der deutschen Schweiz sonst vorherrschenden Werbestil unterschieden. Wobei aber die Frage bestehen bleibt — und es gibt bis heute keine sichere wissenschaftliche Methode, die sie unumstösslich beantwortet — wer denn und wer in erster Linie solche Plakate beachtet hat: der Kunstinteressierte, der Sammler oder die Käuferschichten.

Ähnliches, aber in noch deutlicherem Masse, ist zur Aufnahme der Expo-Plakate durch die Fachleute und die Bevölkerung anzumerken. Die Bedenken eines Teils der Fachwelt formulierte Hans Neuburg in der «Zürcher Woche» vom 20. Dezember 1963 unter dem Titel «Feuerwerk statt Werbung»: «Freie Kunst, die verzweifelt wenig mit Werbung für ein derart schweizerisches, nationales, volksnahes Unternehmen (gemeint ist: wie die Expo 64) zu tun hat.» Bei den Leserstimmen in der Presse und in der von ihr veranstalteten Passantenumfragen überwog ablehnende Ratlosigkeit gegenüber einer als zu «modern» empfundenen Gestaltung. Auch wurde beanstandet, die zu kleine Beschriftung sei kaum zu lesen. Als Poster jedoch und von Sammlungen oder öffentlichen Institutionen des In- und Auslandes (insbesondere sind London, New York, Washington, Jugoslawien und Polen zu nennen) wurde das kühne Experiment geradezu stürmisch verlangt. Deswegen muss denjenigen, welche die Werbekraft der Plakatserie anzweifelten, entgegengehalten werden, ob sie nicht von einer zu engen Vorstellung von «Werbung» ausgingen. Denn Prestige brachte sie ihrem Schöpfer und damit auch seinem Land jedenfalls ein.

Leider würde es zu weit führen, auf die interessanten Bedingungen näher einzugehen, die ein Künstler zu beachten hatte, wenn er sich am Wettbewerb für die Expo-Plakate beteiligen wollte. Dabei wäre auch zu untersuchen, warum die Jury sich zu dem zweifellos mutigen Entschluss durchrang, die Gestaltung aller sieben Plakate Hans Falk allein anzuvertrauen, obwohl nach Abschluss der ersten Wettbewerbsphase, an der sich 245 Einsender mit 685 Entwürfen beteiligt hatten, zwölf Künstler mit insgesamt fünfzehn Lösungen in die engere Wahl gekommen waren.

Bedeutsam ist es aber zu erfahren, was die Aufgabe Falk selbst brachte, zumal er sich vor knapp zehn Jahren endlich zur freien Künstlerexistenz durchgekämpft hatte und daher innerlich nicht darauf vorbereitet war, wiederum eine Auftragsarbeit zu übernehmen. Erstaunlicherweise wurde die Gestaltung der Expo-Plakate nicht als Störung im ungebundenen Schaffen empfunden. Während Falk in den vierziger Jahren die graphische Auftragsarbeit nie hatte reibungslos mit dem eigentlich von Anfang an angestrebten freien Künstlertum in Einklang bringen können, gelang jetzt eine Art Versöhnung, und zwar in dem glücklichen Sinn, dass die Auftragsarbeit das freie Schaffen sogar befruchten sollte. Wie aus einem langen Gespräch auf Band mit Peter Cohen (vgl. «Zürcher Woche» vom 5. Juni 1964) hervorgeht, verhalf der Expo-Wettbewerb Falk dazu, das zu überwinden, was er im Interview etwas ungenau eine «Grauperiode» nannte, indem er sich in den Plakaten zur starken, konstrastreichen Farbe zu bekennen vermochte.

138 Vin Vaudois, Vin doré, 1942
Entwurf, Tempera/Papier
90,5 × 128 cm

1 2 3 4

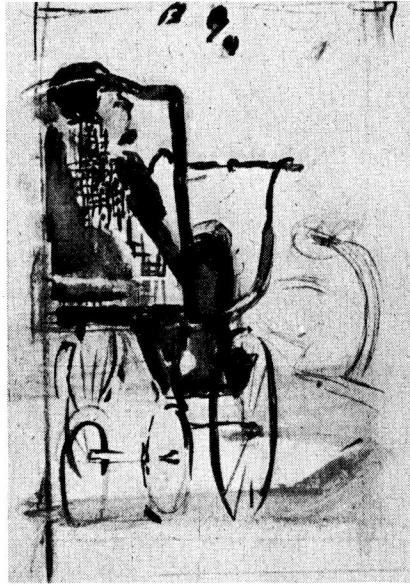

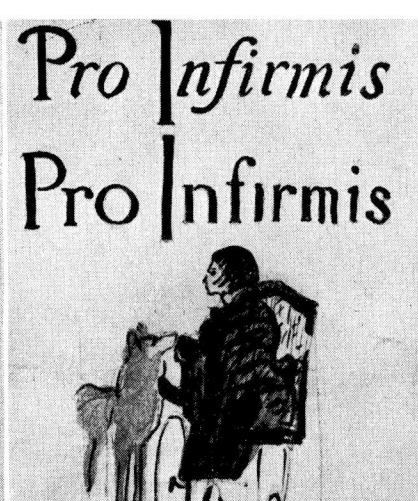

5 6 7 8

9 10 Pro Infirmis / Pro Infirmis 11 12

139
Der Werdegang des Pro-Infirmis-
Plakates (Auslese aus etwa 80 Skizzen
und Entwürfen).
Nrn. 1 bis 4: Der Maler sammelt
Motive in Anstalten.
Nr. 5 wurde sofort eliminiert.
Die Nrn. 6 und 7 sind Variationen
zu Nr. 4 (kommt Profil in Betracht?).
Nr. 8 wurde sofort eliminiert.
Nr. 9: Von links oder von rechts?
Nr. 10: Der Hund als aktives
Element in der Leserichtung.
Nr. 11: Suchen der Kadenz für die Schrift.
Aus den Nrn. 7 und 12 entsteht
das endgültige Plakat.

140 Pro Infirmis, 1948
Farblithographie, 90,5×128 cm

Hilf den
Heimatlosen!
Flüchtlingshilfe Sammlung
1946
Hauskollekte:
vom
12./22. Juni
Abzeichenverkauf 29. Juni
C. MÜLLER A.G. ZÜRICH 8

141 Hilf den Heimatlosen, 1946
Farblithographie, 90,5×128 cm
142 Das Plakat als Zeitspiegel, 1949
farbige Originallithographie
90,5×128 cm
von Hans Falk auf den Stein gezeichnet

143 Ferien, 1942, Farblithographie, 90,5×128 cm
144 Das Plakat, Kunstgewerbemuseum Zürich, 400 neue Plakate aus 25 Ländern, 1953, farbige Originallithographie, 90,5×128 cm

145 Für das Alter, 1945, Photochrom, 90,5×128 cm
146 Voitech Trubka Circus Knie, 1946, farbige Originallithographie, 90,5×128 cm

147 Zu Land und zu Wasser
ein Spiegel der Heimat sein
(Expo 64), 1963, Offsetdruck
90,5 × 128 cm
Die siebenteilige Serie der Expo-Plakate

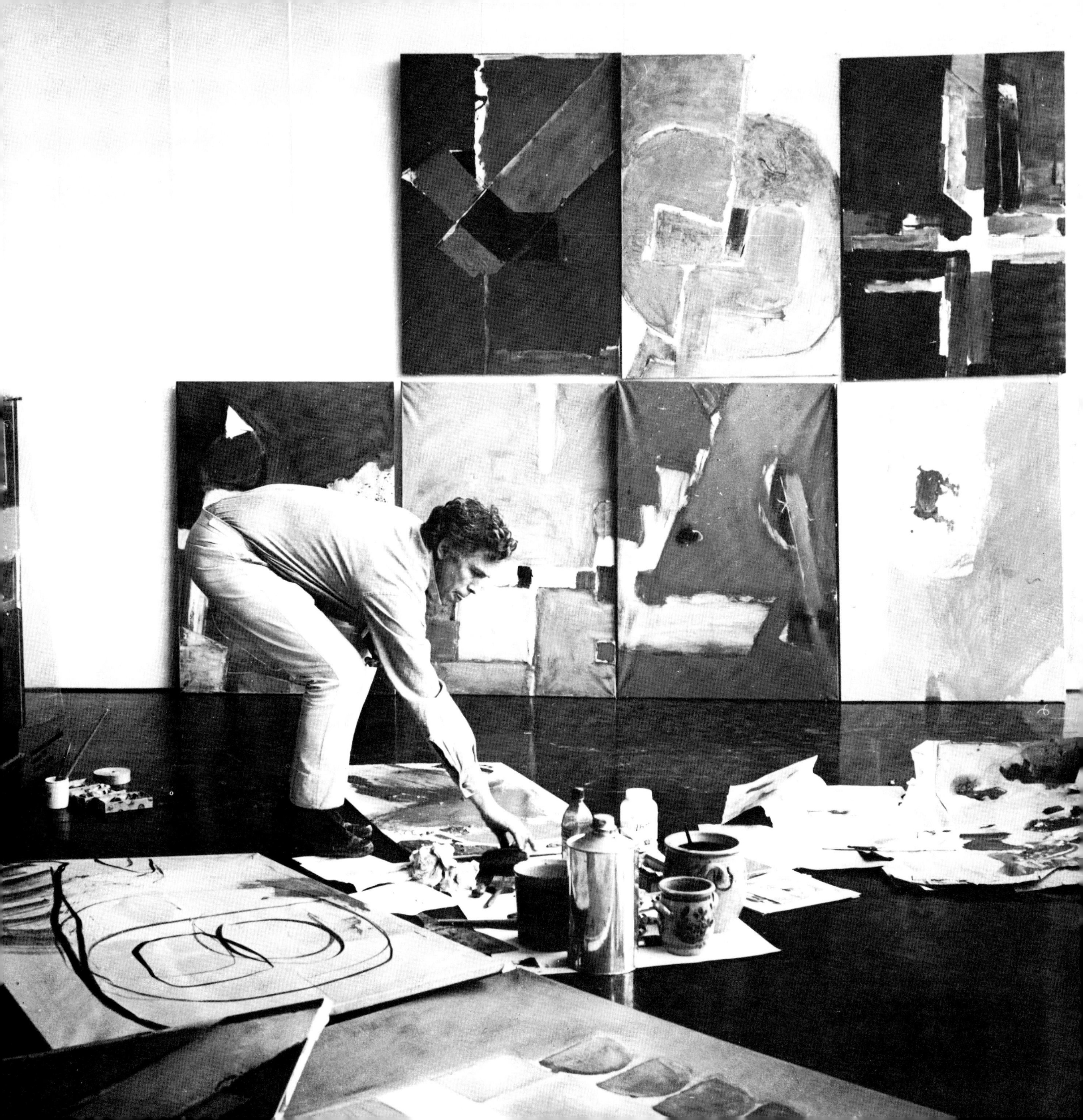

Biographie

1918	Geboren in Zürich
1925–34	Besuch der Primar- und Sekundarschule in Luzern und Zürich
1934/35	Kunstgewerbeschule Luzern, Schüler von Joseph und Max von Moos
1935–39	Vierjährige Lehrzeit als Graphiker bei Albert Rüegg, Zürich
1937	Reise nach Paris, Weltausstellung
1938	Erste Teilnahme an einem offiziellen Plakatwettbewerb, Schweizerische Landesausstellung 1939 Zürich (2. Preis aus über 900 jurierten Plakaten)
1939–42	Mitarbeiter von Dr. Walter Amstutz und Walter Herdeg, Zürich (Graphis Editors)
1940	Freundschaft mit Werner Bischof, Photograph (Ateliergemeinschaft in Zürich-Leimbach); in Zusammenarbeit am Wettbewerb für die Schweizer Modewoche 1943 und die «Annabelle» 1. Preis für Layout, Zeichnung, Typographie und Photographie
1942/43	Kunstgewerbeschule Zürich, Schüler von Max Gubler, Ernst Gubler und Walter Roshardt
1942	Das Plakat «Ferien» aus Ideenwettbewerb der Schweizerischen Verkehrszentrale gelangt als erstes Plakat von Hans Falk zur Ausführung
1942–63	58 Plakate für Sozialwerke, Theater, Kabarett, Tourismus, Politik und Ausstellungen
1942–50	Auseinandersetzung mit graphischen Techniken, der notwendigen Basis, um Plakate direkt auf den Lithostein zu zeichnen; Lithographien, Radierungen entstehen; Folgen von bibliophilen Büchern und Mappen (sozialkritische Inhalte); Zeichnen in Anstalten, Fürsorgeheimen, Spitälern, Irrenanstalten, Zuchthäusern und Theatern
1943	Studienaufenthalt in Genf Erster Preis im Plakatwettbewerb der Schweizerischen Modewoche, Zürich 1944 (nicht ausgeführt)
1945	Kriegsende, Reise nach Venedig (Lithographien)
1947/48	Aufenthalt in Spanien-Marokko, auf mitgeführten Zinkplatten entstehen Lithographien zum Mappenwerk Spanien-Marokko; Reisen nach Assisi, Umbrien und Lofoten, Norwegen
1948	Mitglied des Schweizerischen Werkbundes
1950–55	Lehrtätigkeit an der Kunstgewerbeschule Zürich
1951	Reise durch den Vorderen Orient: Libanon, Syrien, Jordanien, Irak, Persien, Türkei; Studium der assyrischen, sumerischen und achämenidischen Kulturen
1952	Geburt der Tochter Cornelia
1954	Längeres Absetzen von Auftragsarbeit; Aufenthalte in Cadaques, Spanien und Sête, Südfrankreich
1955	Atelier an der Calle Joaquín Costa 13, Algeciras, Spanien; expressive Figuration (El Pobre, Matador Paramio)
1955/56	Wandmalereien in Schulhäusern von Zürich, 1. Preis aus dem Wettbewerb für die Wandmalerei des Schulhauses Zollikerberg
1956	Mitglied der Alliance Graphique Internationale Aguilas, Spanien Mitglied der GSMBA Tripolis, Libyen, Atelier im arabischen Stadtteil, Sciara Saida 6; Themen: Stilleben mit orientalischen Geräten, religiöse Rituale; Ausstellung im Hof des Ateliers
1957	Geburt des Sohnes Konstantin
1957/58	USA, Griechisch-Mazedonien, Thrazien; Skizzenbücher Hans Falks, herausgegeben vom Haus Neuerburg, Köln
1957	Aufgabe der gebrauchsgraphischen Auftragsarbeit
1958	Freundschaft mit Marcel Marceau, während seiner Auftritte in Zürich entstehen Zeichnungen und Gouachen; Herausgabe der bibliophilen Mappe Marcel Marceau, die in New York an der Ausstellung der International Society of Illustrators den «Award for Excellence» erhält
1958–60	Cornwall, England; Achill Island, Irland (konsequente Abstraktion)
1959/60	Bau des Atelierhauses, Urdorf wird zum Domizil in der Schweiz
1960–66	Mitglied der Sammlungskommission des Kunsthauses Zürich
1960–68	Stromboli, Italien (Zeit des Informel)
1963	Beginn mit Entwürfen zur bibliophilen Ausgabe Friedrich Dürrenmatts «Der Besuch der alten Dame»; Lithographien und Gouachen werden 1974 abgeschlossen Wettbewerb der Expo 64, 1. Preis für siebenteilige Plakatserie; die in Stromboli gestalteten Entwurfsideen werden erstmals im Plakatschaffen durch tachistische Lösungen plakatgerecht ausgeführt
1967	Objets, Objet trouvé; längere Auseinandersetzung mit plastischen Körpern, sie führen zu der in London beginnenden Figuration
1968	Malergast der Stadt Lenzburg
1968–73	London, Atelier an der St. Giles Passage 2 und Charing Cross Road 9; 60 grossformatige Bilder entstehen
1972	Gestaltung von sechs monochromen Malereien für den Club «Nova Nova Night»
1973/74	New York, Atelier 215 Bowery und Times Square, 43rd Street
1973	Zeichnet für «Fortune» Magazine New York, in Chicago, Salt Lake City, Spokane, San Francisco, Honolulu (Hawaii), Boston und Philadelphia
1975	Rückkehr nach New York

Plakate

*Plakate in Plakatwettbewerben mit dem ersten Preis prämiiert
**Ausgezeichnet mit der Ehrenurkunde «Die besten Plakate» des Eidgenössischen Departements des Innern

1942	Ferien, farbige Lithographie*/**
1943	Das ganze Volk fährt Ski, farbige Lithographie*/**
	Sozialdemokraten, farbige Lithographie*
1944	PKZ, farbige Lithographie*/**
	Schweizer Modewoche, Entwurf*
	Schweizer, helft Euren heimgekehrten Landsleuten, Rückwandererhilfe, farbige Lithographie*/**
1945	Schweizer, hilf der Familie, Ja zur Eidgenössischen Volksabstimmung, farbige Lithographie
	Für das Alter, farbige Lithographie*/**
	Schweizer, helft Euren heimgekehrten Landsleuten, farbige Lithographie*
1946	Hilf den Heimatlosen, farbige Lithographie*/**
	Einheitsliste Sozialdemokraten und Gewerkschafter, farbige Lithographie*
	Voitech Trubka, Circus Knie, farbige Originallithographie**
1948	Für das Alter, freiwillige Spende, farbige Lithographie*
	Circus Knie, Grosse Eisbärengruppe, Knie, farbige Lithographie**
	Pro Infirmis, farbige Lithographie*/**
1949	Das Plakat als Zeitspiegel, Plakate aus der Sammlung Schneckenburger im Helmhaus Zürich, farbige Originallithographie*/**
	Cabaret im Embassy Zürich, Voli Geiler, Walter Morath, Originallithographie
	Schweizer Mustermesse, Basel 1949, farbige Lithographie*/**
1950	Kein Abbau! Keine Krise! Sozialdemokraten, Gewerkschafter, farbige Lithographie
	Seiden-Grieder Zürich, St. Moritz, Luzern, farbige Lithographie**
	Ja, öffnet den Weg für eine gerechte Finanzordnung, Originallithographie
	Internationale Musikfestwochen Luzern 1950, farbige Originallithographie
	Internationale Musikfestwochen Luzern, Entwurf
	Elsie Attenhofer, farbige Originallithographie
1951	téléphonez d'ici, farbige Lithographie*/**
1952	Freiheit, sichere Existenz, Sozialdemokraten und Gewerkschafter, Lithographie*
	Schweizer Wein soll es sein, farbige Lithographie*
	Die Tuberkulösen brauchen Dich! Kartenaktion, farbige Lithographie*
	XII. Ostschweizerisches Arbeiter-Turn- und Sportfest Schaffhausen, Buchdruck, Linol, mehrfarbig
1953	Büchergilde Gutenberg, Buchausstellung, farbige Originallithographie
	Olma St. Gallen, 8. bis 18. Oktober 1953, farbige Lithographie*
	Stadion Ja, farbige Lithographie
	Das Plakat, 400 neue Plakate aus 25 Ländern, farbige Originallithographie**
1954	Sozialdemokraten, Gewerkschafter, farbige Lithographie
1954	After skiing pleasure, Berner Oberland, Schweiz, farbige Lithographie
	Sunny Sports in Switzerland, Offset
1955	64. Eidgenössisches Turnfest Zürich, farbig Photochrom*/**
1955	Olma St. Gallen, 13. bis 23. Oktober 1955, farbige Lithographie*/**
	Mit der Bahn bis ins Skigelände, farbige Lithographie
	Concours Hippique, international officiel, Rotterdam, farbige Lithographie
1956	Schweiz 1906–1956, 50 Jahre Simplontunnel, farbige Lithographie
	Olma St. Gallen, 11. bis 21. Oktober 1956, farbige Lithographie
	Rendez-vous in Züri, Voli Geiler, Walter Morath, farbige Originallithographie
1957	Interkantonale Landeslotterie, farbige Originallithographie**
	Galerie Wolfsberg Zürich, Hans Falk, farbige Originallithographie
	C.G.-Becker-Singen, Hans Falk, Zürich, Malerei, Grafik, Schloss Arbon, farbige Originallithographie
	Telephon-Rundspruch, Photochrom**
1958	Pfingstrennen Frauenfeld, farbige Lithographie*/**
1959	Olma St. Gallen, 1959, Photochrom, Offset*
	Thurgauische Kunstgesellschaft, Schloss Arbon, Das graphische Kabinett, Graphik, Zeichnungen, Aquarelle, farbige Lithographie
1962	VII. Esposizione internazionale di Bianco e Nero, Lugano, Lithographie
1964	Expo Lausanne:
	1. Zu Land und zu Wasser ein Spiegel der Heimat sein, Farboffset*/**
	2. Die 25 Stände im gemeinsamen Werk zusammenführen, Farboffset*/**
	3. Den Menschen an den Sinn seines Daseins erinnern, Farboffset*/**
	4. Im Heute den Umriss der Zukunft enthüllen, Farboffset*/**
	5. Wege zum neuen Europa weisen, Farboffset*/**
	6. Für eine solidarische Welt wirken, Farboffset*/**
	7. Der Schweiz neuen Ansporn zum Erkennen und Schaffen geben, Farblitho*/**
1970	Hans Falk, Galerie Haudenschild & Laubscher, Bern, farbige Lithographie
	57 Plakate befinden sich in der Sammlung des Kunstgewerbemuseums Zürich

Wandbilder

1950	Tierdarstellungen, Schulhaus Probstei, Zürich, Architekt Prof. A. H. Steiner
1954	Szenen aus dem Schweizerischen Brauchtum, Schulhaus Kügeliloo, Zürich, Architekt E. Bürgi
1955	Hahn und Maus, Schulhaus Zollikerberg, Architekt H. von Meyenburg
1964/65	Themen aus Stromboli 1960–65, Alterssiedlung Eichhof, Luzern, Architekt E. Bürgi
1969/70	Themen aus Stromboli 1960–68, Limmattalspital Schlieren, Zürich, Architekt H. von Meyenburg

Illustrierte Bücher

*Auszeichnung der Schönsten Schweizer Bücher

Illustrationen in Zeitschriften und Zeitungen (Auszug)

Goethe	Faust, traduit par Gérard de Nerval, chez les éditeurs des portes de France à Porrentruy 1946, bibliophile Ausgabe (Radierung)
F. M. Dostojewski	Ein schwaches Herz, Kurt Stäheli, Zürich 1946, bibliophile Ausgabe (Originallithographien)
Hans und Charlotte Falk	Spanien-Marokko, Orell-Füssli, Zürich 1948, bibliophile Ausgabe (Originallithographien)
Anton Tschechow	Die Tragödie auf der Jagd, Amerbach-Verlag, Basel 1949, bibliophile Ausgabe (Originallithographien)
J. Renard	Histoire naturelle, Victor N. Cohen, Zürich 1952, bibliophile Mappe (Originallithographien)
Kurt Guggenheim	Alles in allem, Band I und II, Artemis-Verlag, Zürich 1952 (Originallithographien)
Max Huber	Drei Reden, Gebr. Fretz, Zürich 1953, bibliophile Mappe (Originallithographien)
Walter Robert Corti	Geliebtes Tier, Zwingli-Verlag, Zürich 1956*
Tabak-Kapnos-Tobacco	Haus Neuerburg, Köln 1958, Skizzenbuch aus den USA und Griechenland
Paul Eggenberg	Fremdenlegionär Anton Weidert, Schweizerisches Jugendschriftenwerk, Zürich 1959*
Hans Falk und Elisabeth Brock-Sulzer	Marcel Marceau, Alpha-Presse, Zürich 1959 bibliophile Mappe (Originallithographien)*
Nikolai Gogol	Der Mantel, privater Gemeinschaftsdruck, Zürich 1962, bibliophile Mappe (Originallithographien)
Die 7 Plakate der Schweizerischen Landesausstellung von Hans Falk	F. Dubois, Basilius-Presse Basel, Lausanne 1964
Guillaume Apollinaire	«...zart wie dein Bild», Alpha-Presse, Zürich 1965, bibliophile Ausgabe (Originallithographien)
Friedrich Dürrenmatt	Der Besuch der alten Dame, Verlag André et Pierre Gonin, Lausanne 1964–1974, bibliophile Ausgabe (Originallithographien und Originalgouachen)*
Kunstmappe Zollikon	Gemeinderat Zollikon, Zollikon 1970, bibliophile Ausgabe (Originallithographien)
Kunstmappe Schweizerische Mobiliar	Walter Senn, Bern 1974, bibliophile Mappe (Originallithographien)

1943	Zürich	DU, kulturelle Monatsschrift, Roman von C. F. Ramuz, Die Schönheit auf Erden, Hefte Nrn. 1, 2, 3, 4 und 5
1945	Zürich	Die Weltwoche, 14. Dezember, Die wahre Grösse, Erzählung von Hermann Adler
1946	Zürich	Neue Zürcher Zeitung, 3. November, Winterhilfe – Gedanken zur diesjährigen Aktion von Kurt Guggenheim
1948	Zürich	Pro Juventute 5, Raymond Uldry, Les problèmes de l'orientation scolaire
	Zürich	Annabelle, März, Charlotte und Hans Falk, Marokko wollten wir sehen
1951	Zürich	Der öffentliche Dienst, 21. Dezember, Charlotte und Hans Falk, Morgenland
1952	Zürich	Neue Zürcher Zeitung, 27. April, Charlotte und Hans Falk, Reise durch Persien
	Zürich	Zum 25. Städtischen Lehrlingswettbewerb in Zürich, Originallithographien
1953	Lausanne	Union centrale suisse pour le Bien des aveugles 1903/53, Originallithographien
	Zürich	Stadtspital Waid, Zürich, Eine Festschrift zur Eröffnung
	Zürich	Der schweizerische Beobachter, November, Nr. 21, Zu unserem Titelbild, Hans Falk: Die Katze
1958	New York	Fortune Magazine, November, Zurich Stock Exchange drawings in a portfolio, The Wall Streets of Europe
1959	Zürich	Neue Zürcher Zeitung, 25. April, Hans Falk – ein Zaungast an der Börse
1961	New York	Fortune Magazine, Juni, Uncle to the Tourists, American Express portfolio: Madrid, London, Cannes, Zurich, Brussels, Munich, The Hague, Vienne and Paris
1968	New York	Fortune Magazine, September, The Worldly Banks by Charles Burck
1969	New York	Fortune Magazine, April, The Chemical Industry pushes into Hostile Country by John Davenport
1972	Zürich	Tages-Anzeiger-Magazin Nr. 51, Im Hinblick auf die nächsten Millionen Jahre, Sicherheit der Kernkraftwerke
1973	New York	Fortune Magazine, November, The Regional Stock Exchanges, Fight For Survival, Philadelphia, Boston, Chicago, Honolulu, Hawaii, Spokane, Salt Lake City und San Francisco
	Philadelphia	The Girard Company, Annual Report
	New York	Brown Brothers & Harrimann, Annual Report

Einzelausstellungen (Auszug) und Gruppenausstellungen (Auszug)

1947	Zürich	Galerie Orell Füssli		1949–52	USA	Plakatausstellung (Pro Helvetia)
1955	Zürich	Galerie Wolfsberg			Kanada	Plakatausstellung (Pro Helvetia)
1957	Zürich	Galerie Wolfsberg		1950	Zürich	Kunstgewerbemuseum Zürich, SWB, Ausstellung der Ortsgruppe Zürich
	Arbon	Schloss Arbon				
	Neuchâtel	Musée éthnographique, Sahara 57			Zürich	Ausstellung «Die Litho», Schauspielhaus
1959	Zürich	Galerie Läubli		1951	London	International Poster Exhibition
1960	Zürich	Galerie Charles Lienhard			BRD	Plakatausstellung (Pro Helvetia)
1961	Rom	Galerie Il Segno		1952	Stockholm	Nationalmuseum
1962	Zürich	Galerie Charles Lienhard			Jugoslawien	Plakatausstellung (Pro Helvetia)
1966	Zürich	Galerie Gimpel & Hanover			Israel	Plakatausstellung (Pro Helvetia)
	Bern	Galerie Haudenschild & Laubscher		1952–53	Vorderer Orient	Plakatausstellung (Pro Helvetia)
	Basel	Galerie Hilt			Südafrika	Plakatausstellung (Pro Helvetia)
	Basel	Fauteuil-Theater, Kabarettzeichnungen		1953	Zürich	Kunstgewerbemuseum Zürich, «Das Plakat»
1967	Zug	Altstadtgalerie		1954	Stockholm	Plakatausstellung (Pro Helvetia)
	Stuttgart	Galerie Günther Galetzki		1955	Tokyo	The National Museum of Modern Art, International Art Exhibition
1968	Zofingen	Galerie Zur alten Kanzlei				
	Oslo	Galerie K.B., Kaare Berntsen			Paris	Musée des arts décoratifs, Alliance graphique internationale
	Lenzburg	Burghalde				
	Zürich	Galerie Läubli			Zürich	Kunstgewerbemuseum Zürich, Graphiker – ein Berufsbild
1969	Luzern	Kantonsschule Luzern				
1970	Bern	Galerie Haudenschild & Laubscher		1956	Stockholm	Galerie Blanche
1972	Aarau	Aargauer Kunsthaus			Tripolis	Libyen
	Zürich	Kunsthaus Zürich, Galerie der Plakanda, Plakate von 1942–1953			Cincinnati	USA
					London	Alliance graphique internationale
1974	Zürich	Galerie & Edition Schlégl			Warschau	Plakatausstellung (Pro Helvetia)
					Sofia	Plakatausstellung (Pro Helvetia)
				1957	Ljubljana	Expositions internationales de gravure
					Zürich	Kunstgewerbemuseum Zürich, «Grafik 57»
					Singen	Hohentwil, Singener Kunstausstellung
					Zürich	Graphische Sammlung der ETH, «Die farbige Zeichnung»
Gruppenausstellungen (Auszug)						
1941	Einsiedeln	Ausstellung des 4. Armeekorps, Wanderausstellung: Glarus, St. Gallen, Weinfelden, Bad Ragaz, Wädenswil			Berlin	Internationale Bauausstellung
					Jugoslawien	Plakatausstellung (Pro Helvetia)
					Rumänien	Plakatausstellung (Pro Helvetia)
1946	Zürich	Künstler im Dienste der Schweizer Spende		1958	Winterthur	Kunstmuseum, 25 Jahre Zürcher Kunstankäufe
	Bern	Künstler im Dienste der Schweizer Spende			Linz	25 Jahre Zürcher Kunstankäufe
	Amsterdam	Stedelijk Museum, Schweizerische Plakate			Salzburg	25 Jahre Zürcher Kunstankäufe
1948	Zürich	Helmhaus, «Das Plakat»			Wien	25 Jahre Zürcher Kunstankäufe
1949–52	Skandinavien	Plakatausstellung (Pro Helvetia)			Graz	25 Jahre Zürcher Kunstankäufe
	Grossbritannien	Plakatausstellung (Pro Helvetia)			Ceylon	Plakatausstellung (Pro Helvetia)
	Italien	Plakatausstellung (Pro Helvetia)			Indien	Plakatausstellung (Pro Helvetia)
	Frankreich	Plakatausstellung (Pro Helvetia)				
	Südamerika	Plakatausstellung (Pro Helvetia)				

Gruppenausstellungen (Fortsetzung)

1958	Italien	Plakatausstellung (Pro Helvetia)	1969–71	Japan	Plakatausstellung (Pro Helvetia)
1959	Ljubljana	Expositions internationales de gravure		Südostasien	Plakatausstellung (Pro Helvetia)
	Zürich	Kunstgewerbemuseum Zürich, «Meister der Plakatkunst»	1970	Zürich	Galerie Orell Füssli
				Lausanne	Musée des Arts décoratifs de la ville de Lausanne, L'estampe en Suisse
	Zürich	Kunsthaus, GSMBA		Basel	Galerie d'art Moderne
	Arbon	Schloss Arbon, «Das graphische Kabinett»	1971	München	Haus der Kunst, Internationale Plakate 1871–1971
	Toronto	Royal Ontario Museum		Zürich	Kunsthaus Zürich, Ausstellung der Vereinigung Zürcher Kunstfreunde
1960	New York	S.J. Illustrators Exhibition			
	Zürich	Stadthaus Zürich, Graphik und Druck		Zürich	Kunstsalon Wolfsberg, Retrospektive 1911–1971
1961	New York	American Federation of Art		Dänemark	Plakatausstellung (Pro Helvetia)
	Pittsburgh	Carnegie Institute, The 1961 Pittsburgh International Exhibition of Contemporary Painting and Sculpture	1972	Zürich	Helmhaus, Zürcher Künstler 1972
				Jugoslawien	Plakatausstellung (Pro Helvetia)
1962	Schaffhausen	Museum zu Allerheiligen, Querschnitt Schweizer Malerei der Gegenwart		Kartum	Plakatausstellung (Pro Helvetia)
			1972–73	Japan	Plakatausstellung (Pro Helvetia)
	Thun	Kunstsammlung der Stadt Thun		Korea	Plakatausstellung (Pro Helvetia)
	St. Moritz	Internationale Graphikausstellung	1973	Jerusalem	Bezalel Building, Zurich Artists in Jerusalem
1963	Zürich	Zürcher Kunstgesellschaft, Helmhaus, Schweizer Buchillustratoren		Haifa	Modern Arts Museum, Zurich Artists in Haifa
				Basel	Internationale Kunstmesse Basel
1963–66	Osteuropa	Plakatausstellung (Pro Helvetia)		Zürich	Galerie & Edition Schlégl, Künstler der Galerie
1964	New York	Time & Life Art, Rockefeller Center		Essen	Plakatausstellung (Pro Helvetia), «Das politische Plakat der Welt»
	Hamburg	Kunst- und Gewerbemuseum, Alliance graphique internationale			
			1974	Zürich	Städtische Kunstkammer zum Strauhof
	Nürnberg	Gewerbemuseum der Bayerischen Landesgewerbeanstalt, Schweizer Plakate 1946–1964		Zürich	Kunstgewerbemuseum Zürich, Kulturelle Plakate der Schweiz
1964–68	Israel	Plakatausstellung (Pro Helvetia)		Basel	Art 5'74, Internationale Kunstmesse Basel
	Grossbritannien	Plakatausstellung (Pro Helvetia)		Aarau	Aargauer Kunsthaus, «Haben und Nicht-Haben»
	Australien	Plakatausstellung (Pro Helvetia)		Zürich	Städtische Kunstkammer zum Strauhof, «66 Werke suchen ihren Künstler»
	Neuseeland	Plakatausstellung (Pro Helvetia)			
1965	Frankfurt	Jahrhunderthalle der Farbwerke Hoechst, «Schweizer Plakate»		Zürich	Galerie Läubli, Ausstellung zum Buch «Künstler-Bildnisse»
1966	Hannover	Museum, Kunstverein Hannover		Israel	Plakatausstellung (Pro Helvetia)
	Zollikon	Gemeindehaus Zollikerberg	1975	Fribourg	Museum für Kunst und Geschichte, Internationale Triennale der Photographie
1967	Bern	Gewerbemuseum Bern, Originalgraphik aus 9 Ländern			
	Zürich	Galerie Gimpel & Hanover, Horizonte 2		Zürich	Kunsthaus Zürich, Galerie der Plakanda, Klassische Schweizerplakate I
1967–69	Brasilien	Plakatausstellung (Pro Helvetia)			
	Südafrika	Plakatausstellung (Pro Helvetia)		Zürich	Kunsthaus Zürich, Galerie der Plakanda, Klassische Schweizerplakate II
1968	Strengelbach	Galerie 68			
1969	Prag	Verband der tschechoslowakischen bildenden Künstler		Zollikon	Gemeindehaus Zollikerberg, Kunstausstellung Zollikon
	Zürich	Städtische Kunstkammer zum Strauhof, Ars ad interim		Zürich	Kunsthaus Zürich, Galerie der Plakanda, Klassische Schweizerplakate III
1969	Dietikon	Kunstkollegium Limmattal			
	Zürich	Kunsthaus Zürich			

Bibliographie (Auszug)

1938	Basel	Werk, Abbildung
1942	Basel	Werk, Juni, Peter Meier, Plakatentwürfe für Verkehr, Abbildung
1943	Zürich	Kunst und Volk Heft 2, Abbildung
1944	Zürich	Der grüne Heinrich Heft 4, Abbildung
	Zürich	WbK-Mitteilungen Heft 3/4, Abbildung
1945	Zürich	WbK-Mitteilungen Heft 2/3, Abbildung
	Zürich	Graphis Nr. 5/6, Hans Kasser, Gute Schweizer Plakate 1944, Abbildungen
	Zürich	Graphis Nr. 9/10, Schweizer Plakat-Spiegel, Abbildung
	Lausanne	Publicité, E. von Gunten, Rückblick-Ausblick, Abbildung
1946	Zürich	WbK-Mitteilungen Heft 1/2, Abbildung
	Lausanne	Vie Art Cité Heft 2, Abbildung
	Winterthur	Werk Nr. 7, Georgine Oeri, Tendenzen im Schweizer Plakatstil, Abbildung
	Zürich	DU, Dezember, Österreichisches Kind, Abbildung
1947	Zürich	Graphis Nr. 18, Georgine Oeri, Neue Schweizer Plakate 1945/1946, Abbildungen
	Zürich	Graphis Nr. 22, Georgine Oeri, Neue Schweizer Plakate 1947, Abbildung
	Zürich	Neue Zürcher Zeitung, 1. Juni, Thomas Mann über Richard Wagner, Lithographie «Tanzpause für die Zürcher Regierung und des Stadtrates von Zürich», Abbildung
1948	Zürich	Schweizer Reklame, April, Friedrich Frank, Plakat-Krise, Abbildung
	Zürich	DU, August, «Café in Tetuan», Abbildung
1949	Zürich	Graphis Nr. 28, Hans Kasser, Entwicklung und Wesen des Schweizer Plakates, Abbildungen
	Zürich	Graphis, Elisabeth Gerold, Zeitschriften und Buchillustrationen, Abbildungen
	Bern	Der Senefelder Heft 21, Abbildung
	Zürich	Jahresbericht Zürcher Kunstgesellschaft
1950	Zürich	Graphis Nr. 32, Hans Falk, Spanien-Marokko, Abbildung
	Winterthur	Werk, Abbildung
	Zürich	WbK-Mitteilungen Heft 1/2, Abbildung
1951	London	BBC Third Programme, About social and cultural posters
	Zürich	Graphis Nr. 35, Mildred Constantine, Swiss Posters in America, Abbildung
	Zürich	WbK-Mitteilungen Heft 3/4, Abbildung
1952	Zürich	WbK-Mitteilungen Heft 1/2, Abbildung
	Winterthur	Werk, Chronik, Abbildung
1952	Zürich	Graphis Annual 52/53, Abbildung
	Zürich	DU, Juli, Jüngere Schweizer Maler, Abbildung
1953	Zürich	Graphis Annual 53/54, Abbildungen
	Zürich	Graphis Nr. 47, Willy Rotzler, Schweizerische Soldatenmarken 1939–1945, Abbildung
1954	Zürich	Graphis Annual 54/55, Abbildungen
	Zürich	Graphis Nr. 56, Willy Rotzler, Hans Falk, Abbildungen
1955	Winterthur	Werk, Chronik, Abbildungen
	Zürich	Graphis Nr. 58, Jean Carlu, AGI-Ausstellung «Kunst und Werbung in der Welt», Paris 1955, Abbildungen
	Zürich	Graphis Annual 55/56, Abbildungen
	Paris	Vendre Nr. 310, Affiches 1955, Abbildung
	London	Printing Review, Juli, Charles Rosner, A Review of Swiss Design, Abbildung
	Tokyo	Katalog The Third International Art Exhibition, Abbildung
1956	Zürich	Graphis Annual 56/57, Abbildungen
	Zürich	Graphis Nr. 66, John E. Blake, Werbung für den Eisenbahnverkehr, Abbildung
	Winterthur	Werk, Chronik, Abbildungen
1957	Winterthur	Werk, Chronik, Abbildung
	Zürich	Graphis Nr. 72, Charles Rosner, AGI stellt zum dritten Male aus, Abbildungen
	Zürich	Graphis Annual 57/58, Abbildungen
1958	Zürich	Galerie Heft 1, Charles Lienhard, Abbildung
	Bellinzona	Schweizer Kunst Heft 5, Abbildung
	Zürich	Graphis Nr. 77, Willy Rotzler, Schweizer Plakate 1957, Abbildungen
	Zürich	Graphis Annual 58/59, Abbildungen
	Zürich	Schweizer Reklame Nr. 7/8, Abbildung
	Zürich	50 Jahre J. C. Müller, Abbildungen
	München	Graphik 10-58, Anton Sailer, Skizzenbuch Hans Falk, Haus Neuerburg, Abbildung
1959	Zürich	Graphis Nr. 82, Willy Rotzler, Schweizer Plakate 1958, Abbildung
	Zürich	Graphis Nr. 85, H. Aschenbrenner, Tabakwerbung einst und heute, Abbildungen
	Zürich	Graphis Annual 59/60, Abbildung
	Zürich	Meister der Plakatkunst, Kunstgewerbemuseum Zürich, Wegleitung Nr. 229, Abbildung
	Zürich	Die Woche, 22. Juni, üe., Vom Purgatif bis zum Papagei, Abbildung

Bibliographie (Fortsetzung)

1959	Winterthur	Werk Heft 4, Hans Falk, Walter Roshardt
	London	Balding & Mansell, Seven Graphic Designers, Abbildung
1960	Zürich	Graphis Nr. 87, Jakob Rudolf Welti, Schweizer Plakate 1959, Abbildung
	Zürich	Graphis Annual 60/61, Abbildungen
	Toronto	Katalog The Royal Ontario Museum, John Hillen, Poster Art of the World, Abbildung
	München	Gebrauchsgrafik 1, Eberhard Hölscher, Hans Falk, ein Schweizer Maler und Graphiker
	Zürich	Schweizer Grafiker, Adolf Max Vogt, C. F. Laudry, Abbildung
	Zürich	Katalog Galerie Charles Lienhard, Manuel Gasser, Zu den Bildern von Hans Falk
	Zofingen	Sie und Er Nr. 48, Herbert Gröger, Beredtes Schweigen, Abbildungen
1961	Zürich	Graphis Nr. 98, Willy Rotzler, Neujahrsgaben einer Werbeagentur, Abbildungen
	Frauenfeld	Künstler-Lexikon der Schweiz, XX. Jahrhundert, Verlag Huber & Co.
	Winterthur	Werk Heft 1, Hans Curjel, Hans Falk, Abbildung
1962	Zürich	Who's Who in Graphic Art, de Clivio Press, Hans Falk, Abbildung
	Zürich	Die Weltwoche, 16. Februar, Hans Neuburg, Hans Falk
	Zürich	Katalog Galerie Charles Lienhard, Rudolf E. Blum, Hans Falk
1963	Zürich	Graphis Nr. 110, Maria Netter, Die Plakate der Schweizerischen Landesausstellung 1964, Abbildungen
	Zürich	Graphis Nr. 110, W. Kämpfen/W. Rotzler, Heutige Verkehrswerbung für die Schweiz, Abbildung
	Tokyo	IDEA Vol. 10, The Magazine of International Graphic Art, Hiroshi Ohchi, Abbildung
	Zofingen	Schweizer Illustrierte Zeitung Nr. 11, P. Wirsch, Strombolis Farben werden für die Expo werben, Abbildungen
	Lausanne	Feuille d'Avis de Lausanne, 5. Dezember, Les sept affiches que l'on pourra voir dans notre pays, Abbildungen
	Zürich	Tages-Anzeiger, 5. Dezember, Expo-Plakate: Herausfordernd, Abbildung
	Zürich	Neue Zürcher Zeitung, 6. Dezember, xs., Die Plakate der Expo 64, Abbildung
	Bern	Berner Tagblatt, 6. Dezember, Herausfordernde Expo-Plakate, Abbildung
1963	Lausanne	Tribune de Lausanne, 8. Dezember, T., Les affiches de l'Expo, Abbildung
	Zürich	Die Woche, 11. Dezember, Hans Neuburg, Was sagen uns die Expo-Plakate?, Abbildungen
	Lausanne	Gazette de Lausanne, 12. Dezember, Une grande réussite graphique: l'arc-en-ciel, publicitaire de l'exposition nationale 1964, Abbildung
	Basel	Helvetische Typographia, 19. Dezember, W.Pd., Plakate, über die man reden wird, Abbildung
	Zürich	Zürcher Woche, 20. Dezember, Hans Neuburg, Feuerwerk statt Werbung, Abbildungen
	Zürich	Die Tat, Dezember, r., Ein Feuer der Freude
	Zürich	Neue Zürcher Zeitung, Dezember, pz., Die besten Plakate des Jahres 1963, Abbildung
1964	München	Gebrauchsgraphik Nr. 5, Eberhard Hölscher, Die Plakate der Schweizer Expo 1964, Abbildung
	Zürich	Tages-Anzeiger, 4. März, Fritz Laufer, Prämiierte und andere Plakate, Abbildung
	Zürich	Die Tat, 20. März, Peter P. Riesterer, Das Expo-Plakat — eine «Tat»-Umfrage, Abbildungen
	Luzern	Luzerner Tagblatt, 25. April, erw., Erster Kontakt mit der Expo, Abbildungen
	Luzern	Luzerner Tagblatt, 15. Mai, erw., Von der Jugendstil-Helvetia zur reinen Farbabstraktion, Landesausstellungsplakate als Spiegel des Zeitgeistes
	Basel	National-Zeitung, 15. Mai, Alfred N. Becker, Aufgabe teilweise erfüllt, Hans Falk und die Expo-Plakate, Abbildungen
	Nürnberg	BLGA-Rundschau 64-4, Josef Müller-Brockmann, Entwicklung der Plakatkunst in der Schweiz, Abbildungen
	Nürnberg	Gewerbemuseum der Bayerischen Landesgewerbeanstalt, Curt Heigl, Schweizer Plakate 1946–1964, Abbildungen
	Zürich	Zürcher Woche, 5. Juni, Geschichte der Expo-Plakate, Interview von Peter Cohen, Abbildung
	Zürich	Offizielle Schweizer Grafik, ABC-Verlag, Abbildungen
1965	Zürich	Graphis Nr. 117, Herbert Gröger, Hans Falk, Friedrich Dürrenmatt, Der Besuch der alten Dame, Abbildungen
	Teufen	Zeichnung — wann, wie, Kurt Wirth, Arthur-Niggli-Verlag, Abbildungen
	New York	Drawing — when, how, Kurt Wirth, Hastings House Publishers, Abbildungen

Bibliographie (Fortsetzung)

1965	Luzern	Luzerner Tagblatt, 17. April, Petermann, Kunst in der Alterssiedlung Eichhof, Abbildung
1966	Zürich	Katalog Galerie Gimpel & Hanover, Willy Rotzler, Zu den Bildern von Hans Falk
	Zürich	Die Weltwoche, 14. Januar, Maria Netter, Hans Falk bei Gimpel & Hanover
	Luzern	Luzerner Tagblatt, 14. Januar, erw., Achtzigmal Stromboli, Abbildung
	Zürich	Neue Zürcher Zeitung, 19. Januar, E.Sd., Kunst in Zürich: Hans Falk
	Zürich	Die Tat, 24. Januar, Db, Hans Falk
	Hamburg	Die Welt, 26. Januar, Gisela Fehrlin, Licht ohne Farben
	Zürich	Tages-Anzeiger, 26. Januar, Fritz Billeter, Verglühende Schlacken des Lebens, Abbildung
	Basel	National-Zeitung, 27. Januar, Hans Heinz Holz, Hans Falk, Abbildung
	Zürich	Zürcher Woche, 4. Februar, Paul Nizon, Ländereien im Ozean, Abbildung
	London	Weekly Tribune, 4. Februar, Hans Falk's free form creations
	Basel	Basler Nachrichten, 14. Februar, Kurz Meyer, Hans Falk
	Zürich	Neue Zürcher Zeitung, 16. April, pz., Galerie der Messeplakate, Abbildung
	Bern	Katalog Galerie Haudenschild & Laubscher, Manuel Gasser, Zu den Bildern von Hans Falk
	Bern	Katalog Galerie Haudenschild & Laubscher, Fritz Billeter, Malerei als Protokoll einer Existenz
	Bern	Galerie Haudenschild & Laubscher, Jean-Christophe Ammann, Eröffnungsrede am 9. September
	Bern	Stadt Bern, 7. September, h., Zuletzt vorzüglich: Der Maler Hans Falk
	Bern	Stadt und Land, 8. September, wy., Hans Falk
	Bern	Bund, 9. September, Fritz Billeter, Hans Falk, Abbildung
	Bern	Berner Tagblatt, 9. September, h., Hans Falk, Abbildung
	Bern	Bund, 13. September, ft., In bernischen Galerien: Hans Falk
	Bern	Courrier de Berne, 16. September, Véronique Authier, Ouverture de la Galerie Haudenschild & Laubscher
	Zürich	Die Weltwoche, 23. September, Jean-Christophe Ammann, Hans Falk in der neuen Berner Galerie Haudenschild & Laubscher
1966	Zürich	Die Woche, September, Hans Neuburg, Hans Falk, Abbildung
	Zürich	Zürcher Woche, 30. September, Hans Neuburg, Weltoffener Melancholiker
	Basel	Katalog Galerie Hilt, Fritz Billeter, Hans Falk
	Luzern	Plakatspiegel Nr. 2, Schweizer Verkehrshaus Luzern, Abbildung
	Zürich	Revue de la Société Suisse des Bibliophiles, Reinhard Bachmann, Hans Falk, der Maler, Graphiker und Illustrator bibliophiler Bücher, Abbildungen
	Basel	UKW Beromünster, 18. November, 20–20.15 Uhr, Dorothea Christ, Hans Falk in Basel
1967	Luzern	Plakatspiegel Nrn. 4–7, Schweizer Verkehrshaus Luzern, Abbildung
	Luzern	Plakatspiegel Nr. 7, Schweizer Verkehrshaus Luzern, Abbildungen
	Zürich	Exempla Graphica AGI, Manuel Gasser, Werbung auf nationaler Ebene und im Zeichen des Regenbogens, Abbildung
	Luzern	Luzerner Neueste Nachrichten, 27. Februar, Kr., Eine Auseinandersetzung mit Natur und Figur, Abbildung
	Stuttgart	Stuttgarter Leben, Oktober, Elfriede Ferber, Ein Schweizer in Stuttgart
1968	Aarau	Aargauer Tagblatt, 6. Mai, mdr., Grafik und Malerei aus drei Jahrzehnten, Abbildung
	Oslo	Dagbladet, 9. Mai, Erle, Hans Falk fra Stromboli, Abbildung
	Baden	Badener Tagblatt, 9. Mai, mdr., Eine faszinierende Rückschau, Abbildung
	Zofingen	Zofinger Tagblatt, 9. Mai, rk., Hans Falk, Galerie zur alten Kanzlei, Abbildung
	Oslo	Aftenposten, 10. Mai, Vkens Gallerirunde, Fra Strombolis Lava, Abbildung
	Oslo	Arbeiderbladet, 10. Mai, Galleri K.B. et av Hans Falk's arbeider, Abbildung
	Oslo	Morgenposten, 15. Mai, Arne Durban, Hans Falk
	Zürich	Typografische Monatsblätter Nr. 3, Reinhard Bachmann, Hans Falk, der Maler, Graphiker und Illustrator bibliophiler Bücher, Abbildung
	Zürich	Neue Presse, 4. Juli, Das war er! Abbildung
	Zürich	Katalog Galerie Läubli, Fritz Billeter, Hans Falk

Bibliographie (Fortsetzung)

1968	Aarau	Aargauer Tagblatt, 3. September, H.H., Hans Falk war Malergast in Lenzburg, Abbildung		1970	Zürich	Tages-Anzeiger, 17. November, fbr., Hans Falk hat sich dem Thema Grossstadt zugewandt, Abbildung
	Baden	Badener Tagblatt, 16. September, Peter Mieg, Ausdrucksvolle Leichtigkeit, Abbildung		1971	Luzern	Plakatspiegel Nr. 3, Schweizer Verkehrshaus Luzern, Abbildungen
	Zürich	DU, Oktober, Manuel Gasser, Hans Falk auf Stromboli, Abbildungen			Zürich	Die Geschichte des Plakates, Josef Müller-Brockmann, ABC-Verlag, Abbildungen
	Basel	National-Zeitung, 18. Oktober, W.B., Ein Maler in seinem Atelier, Abbildung			Zürich	Tages-Anzeiger, 21. Oktober, Hans Lehmann, Im Dienst von Kunst, Konsum und Kabarett; Grosse Plakatausstellung im Münchner Haus der Kunst, Abbildung
	Aarau	Aargauer Tagblatt, 7. November, H.H., Ein Gespräch mit dem Lenzburger Malergast Hans Falk		1972	Aarau	Katalog Aargauer Kunsthaus, Fritz Billeter, Hans Falk: London als grosser Polterabend
	Aarau	Aargauer Tagblatt, 11. November, H.H., Lenzburg entdecken — Eröffnung in der «Burghalde» des Lenzburger Malergastes Hans Falk, Abbildung			Basel	Radio Basel, 10. Februar, Heiny Widmer, der Konservator des Aargauer Kunsthauses im Gespräch mit Hans Falk
	Zürich	Neue Zürcher Zeitung, 11. November, P.Wd., Hans Falk			Zürich	Neue Zürcher Nachrichten, 12. Februar, Herbert Gröger, Hans Falk — ein phönixhafter Künstler, Abbildungen
	Aarau	Aargauer Tagblatt, 14. November, Ueli Däster, Kunst des Aussparens, Rede zur Eröffnung in der Burghalde, Abbildung			Aarau	Aargauer Tagblatt, 12. Februar, Herbert Gröger, Hans Falk — ein phönixhafter Künstler, Abbildungen
	Zürich	Tages-Anzeiger, 16. Nov., U.H., Hans Falk im Überblick			Brugg	Brugger Tagblatt, 12. Februar, Herbert Gröger, Hans Falk — ein phönixhafter Künstler, Abbildungen
	Zürich	Die Weltwoche, 22. November, Paul Nizon, Hans Falk			Schwyz	Schwyzer Nachrichten, 12. Februar, Herbert Gröger, Hans Falk — ein phönixhafter Künstler, Abbildungen
	Zürich	Die Woche, November, Hans Neuburg, Hans Falk, Zeichnungen von 1938—1968			Bern	Bund, 15. Februar, w-v., Reflektion der Gesellschaft, Hans Falk im Kunsthaus Aarau
	Zürich	Schweizer Plakatkunst, Allgemeine Plakatgesellschaft Zürich, Abbildung			Luzern	Luzerner Nachrichten, 15. Februar, U.K., Hans Falk
1969	Zürich	DU, September, Willy Rotzler, Objekt und Objekt-Besessenheit in der Kunst von Dada bis Pop, Abbildungen			Baden	Badener Tagblatt, 19. Februar, u/Kn., Engagement an unsere Zeit, Abbildung
	Zürich	Graphis Nr. 141, Willy Rotzler, VSG, Dreissig Jahre Werbegraphik in der Schweiz 1938—1968, Abbildungen			Aarau	Aargauer Volksblatt, 19. Februar, n.o., Hans Falk im Kunsthaus Aarau, Abbildung
1970	Lenzburg	Lenzburger Neujahrsblätter, Ueli Däster, Hans Falk, Abbildung			Luzern	Luzerner Tagblatt, 19. Februar, Daisy Wepf, Hans Falk im Kunsthaus Aarau, Abbildung
	New York	Year Book of World Illustrators, Hastings House Publishers, Abbildungen			Luzern	Vaterland, 19. Februar, Hans Falks neue London-Bilder
	Zürich	Graphis Annual 70/71, Abbildung			Zürich	Neue Zürcher Zeitung, 22. Februar, P. Werder, Hans-Falk-Ausstellung im Kunsthaus Aarau
	Zürich	Katalog Kunsthaus Zürich, GSMBA, Sektion Zürich, Abbildung Titelblatt			Zürich	Tages-Anzeiger, 25. Februar, Fritz Billeter, Bedingungen einer politisch engagierten Kunst; Teilauszug der Rede im Aargauer Kunsthaus, Abbildung
	Bern	Berner Tagblatt, 27. Oktober, Daisy Wepf, Deuter und Chronist der Gegenwart, Abbildung			Aarau	Aargauer Tagblatt, 1. März, E.G., Spiegelung des Zeitgeistes
	Winterthur	Werk Heft 11, Kunstchronik, Abbildungen			Zürich	Die Tat, 4. März, Hans Neuburg, Die Metamorphosen von Hans Falk; zur Ausstellung seiner Werke im Aargauer Kunsthaus Aarau, Abbildung
	Bern	Bund, 3. November, A.Sch., Hans Falk — London 1969/1970				
	Luzern	Luzerner Tagblatt, 5. November, D.Wpf., Hans Falk stellt in Bern aus, Abbildung				

Bibliographie (Fortsetzung)

1972	Zürich	Die Woche, 8. März, Hans Neuburg, Wandlungen eines Malers, Abbildung
	Zofingen	Zofinger Tagblatt, März, Ueli Däster, Hans Falk, Zur Ausstellung im Aargauer Kunsthaus
	München	Katalog Haus der Kunst, Internationale Plakate 1871–1971, Abbildung
	München	Das Poster, Edition Praeger, John Barnicoat: Realismus
	München	Monographie des Plakates, Süddeutscher Verlag, Herbert Schindler, Abbildung
	Luzern	Plakatspiegel Nr. 6, Schweizer Verkehrshaus Luzern, Abbildung
	Zürich	Tages-Anzeiger, 7. Dezember, Fritz Billeter, Die Prominenz ist diesmal nicht ferngeblieben, Abbildung
1973	Jerusalem	The Jerusalem Post, 23. März, Meir Ronnen, Zurich brings the art world to Jerusalem
	Basel	Katalog Art 4'73, Internationale Kunstmesse, Abbildung
	New York	Fortune Magazine, Robert Subar, The Editor's Desk Hans Falk, Abbildung
	Zürich	Für das Volk, gegen das Kapital, Verlags-Genossenschaft Zürich, Bruno Margadant, Abbildung
1974	Basel	Katalog Art 5'74, Internationale Kunstmesse
	Dietikon	Der Limmattaler, 26. September, Markus Diener, Hans Falk: Die vierte Dimension, Abbildung
	Luzern	Persönlichkeiten Europas (Schweiz), Verlag Iatas AG, Stansstad-Luzern, Abbildung
	Zürich	Künstler-Bildnisse, ABC-Verlag, Walter Läubli, Hans Neuburg, Hugo Loetscher, Werner Weber, Abbildung
	Zürich	Züri-Leu, 15. November, René Bortolani, Bilder erzählen Geschichten, Abbildung
	Zürich	Tages-Anzeiger, 22. November, Fritz Billeter, Hexenkessel New York — ein Stück Tapete, Abbildung
	Zürich	Kulturelle Plakate der Schweiz, Kunstgewerbemuseum Zürich, Wegleitung Nr. 293, Abbildungen
	Zürich	Die Tat, 30. Dezember, Hans Neuburg, Hans Falk
	New York	100 Years of Circus Posters, Avon Books, Jack Rennert: Hans Falk, Circus Knie, Abbildung
1975	Zürich	DU, Februar, Aus den Sammlungen der Brüder***, Abb.
	Leipzig	Das internationale Artisten- und Zirkusplakat, Verlag & Edition, Markschiess van Trix, Abbildung
	Zürich	Die Tat, 15. Februar, Hans Neuburg, Klassische Schweizer Plakate
1975	Winterthur	Der Landbote, 30. Januar, Robert Schneider, Klassische Schweizer Plakate
	Madrid	Carteles Culturales de Suiza, Jose Maria Iglesias, Abbildung
1976	Zürich	Who's Who in Graphic Art, de Clivio Press, Hans Falk, Abbildung

Bildverzeichnis

*Diese Werke befinden sich in privaten und öffentlichen Sammlungen des In- und Auslandes

1 Stromboli, 1962, Kohle/Papier, 25×26 cm
2 Maria, 1940, Kohle/Papier, 28×28 cm*
3 Gefässe, 1935, Kohle/Papier, 24×19 cm*
4 Gefässe, 1935, Öl/Lwd, 39×29 cm*
5 Landschaft, 1935, Öl/Lwd, 19×31 cm
6 Juliette, 1944, Kaltnadel, 20×15,5 cm*
7 Österreichisches Flüchtlingskind, 1945, Rötel/Papier, 46×35 cm*
8 An der Mole, 1946, Öl/Lwd, 21×32 cm*
9 Fische, 1956, Öl/Lack/Lwd, 59×47 cm*
10 Elsie Attenhofer, Kabarettistin, 1947, Kreide/Papier, 67×68,5 cm*
11 In der Garderobe, 1945, Kohle/Papier, 28×21 cm
12 El Pobre, 1955, Öl/Lwd, 98×48 cm*
13 Spanisches Mädchen, 1954, Öl/Lwd, 59×69 cm*
14 Karl Meier, Kabarettist des Cornichons, 1947, Tusche/Papier, 28×19 cm
15 Voli Geiler, Kabarettistin, 1947, Bleistift/Papier, 29×23 cm*
16 Marcel Marceau, 1953, Gouache/Papier, 50×36 cm*
17 Paramio Matador, 1955, Öl/Lwd, 38×45 cm*
18 Achill Island, 1959, Tusche/Papier, 65×76 cm
19 Zum Thema «Das Meer», 1958, Kohle/Papier, 64×76 cm
20 Zum Thema «Das Meer», 1958, Öl/Lack/Papier, 44×63 cm*
21 Zum Thema «Das Meer», 1959, Öl/Lack/Papier, 70×77 cm*
22 Kesselmoor, 1959, Öl/Lwd, 72×91 cm*
23 Irdenes und knöchernes Gefäss, 1958, Kohle/Papier, 28×38 cm
24 Aktinientraum, 1959, Öl/Lwd, 97×144 cm*
25 Irland, 1959, Tusche/Papier, 47×63 cm
26 Irland, 1959, Tusche/Papier, 47×63 cm
27 Der Torf blutet weiss, 1960, Öl/Lwd, 97×143 cm*
28 Torfbrand, 1960, Öl/Lwd, 82×96 cm*
29 Achill Island, 1960, Kohle/Collage/Papier, 24×29 cm
30 Achill Island, 1960, Tusche/Kreide/Dispersion/Papier, 42×57 cm
31 Gaelic light, 1960, Öl/Lwd, 94×132 cm*
32 Irland-Stromboli, 1960, Öl/Lwd, 30×46 cm*
33 Stromboli, 1962, Tusche/Dispersion/Papier, 58×48 cm
34 Stromboli, 1960, Öl/Lwd, 132×188 cm*
35 Stromboli, 1961, Öl/Lwd, 132×189 cm*
36 Stromboli, 1962, Kohle/Lwd, 62×64 cm*
37 Stromboli, 1963, Öl/Dispersion/Kalk/Lwd, 45×37 cm*
38 Stromboli, 1961, Öl/Lwd, 66×94 cm*
39 Stromboli, 1961, Kohle/Kreide/Dispersion/Lwd, 96×70 cm*
40 Stromboli, 1965, Öl/Collage/Lwd, 200×149 cm*
41 Stromboli, 1961, Kohle/Papier, 46×61 cm

42 Stromboli, 1961, Öl/Lwd, 113×143 cm*
43 Stromboli, 1965, Dispersion/Papier, 62×88 cm
44 Stromboli, 1961, Öl/Kreide/Collage/Papier, 83,5×64 cm*
45 Stromboli, 1963, Kohle/Papier, 24,5×28,5 cm
46 Stromboli, 1963, Kreide/Papier, 24,5×28,5 cm
47 Stromboli, 1962, Öl/Collage/Kalkmörtel/Lwd, 37×30 cm*
48 Stromboli, 1962, Öl/Collage/Lwd, 37×30 cm*
49 Stromboli, 1961, Gouache/Papier, 50,5×66 cm*
50 Stromboli, 1961, Öl/Collage/Lwd, 133×162 cm*
51 Stromboli, 1965, Öl/Dispersion/Lwd, 135×165 cm*
52 Stromboli, 1961, Öl/Lwd, 94×132,5 cm*
53 Stromboli, 1961, Öl/Collage/Lwd, 113×143 cm
54 Stromboli, 1965, Dispersion/Papier, 75×103 cm
55 Stromboli «Triptychon», 1965, Dispersion/Tusche/Lwd, 128×91 cm*
56 Stromboli, 1961, Tusche/Kreide/Papier, 66×50 cm
57 Stromboli, 1960, Öl/Lwd, 130×125 cm
58 Stromboli, 1960, Kreide/Tusche/Dispersion/Papier, 21×27 cm*
59 Stromboli, 1965, Dispersion/Lwd, 149×200 cm*
60 Stromboli, 1965, Dispersion/Papier, 50×68 cm*
61 Stromboli, 1965, Dispersion/Lwd, 77×104 cm*
62 Stromboli, 1965, Dispersion/Lwd, 40×53 cm*
63 Stromboli, 1966, Dispersion/Collage/Papier, 75×101 cm*
64 Stromboli, 1968, Dispersion/Öl/Lwd, 136×191 cm*
65 Stromboli, 1968, Kohle/Papier, 74×103 cm*
66 Objet im Atelier, 1962
67 Drei Objets im Dreieck, 1967, Höhe 20 cm
68 Geteilter Kopf, 1963, Lavastein, Höhe 43 cm
69 Kamm-Figur, 1962, Höhe 25 cm (zerstört)
70 Phallisch-weibliche Figur, 1963, Höhe 153 cm
71 Korodierter Löffel und Stein, 1967, Höhe 19 cm
72 Durchbohrter Sitz, 1967, Höhe 87 cm
73 Geländetes Regal, 1967, gekalkt/bemalt (Detail), Höhe 220 cm
74 Cornudi, 1967, gekalkte/gestreckte Figur, Spottfigur (Detail), Höhe 205 cm
75 Löffellicht, 1967, geschmolzene Überreste, Höhe 23 cm
76 Mit Gipsbinden bandagierter Knochen, 1967, Höhe 26 cm
77 Objets im Atelier, 1966–68
78 From The London Sketchbook, 1973, Tinte/Papier, 25×28 cm
79 It Started I, 1970, Acryl/Lwd, 140×196 cm
80 Starting Points, 1971, Acryl/Lwd, 118×155 cm*
81 It Started II, 1970, Acryl/Lwd, 141×196 cm*
82 People Show, 1969, Kreide/Collage/Papier, 26×47 cm*

83	Liquid Dream, 1971, Acryl/Lwd, 94×125 cm*	120	The Woodstock Wallpaper I, 1974, Acryl/Lwd, 155×202 cm
84	Yvonne In The Studio St. Giles Passage, 1970, Kreide/Papier, 55×79 cm*	121	Yvonne, 1963, Farbstift/Papier, 23×23 cm*
85	Reflected Image, 1970, Acryl/Collage/Lwd, 94×125 cm*	122	Im Atelier, 1942, Bleistift/Tusche/Papier, 38×42 cm
86	Mordechai And Mr. Vip in the Glass Saloon, 1970, Acryl/Lwd, 94×125 cm*	123	Irische Schafe, 1958, Tusche/Kreide/Aquarell/Papier, 39×59 cm
87	It's Not Yage, 1971, Acryl/Lwd, 155×118 cm*	124	Hund, 1958, Tusche/Kohle/Papier, 54×75 cm

83 Liquid Dream, 1971, Acryl/Lwd, 94×125 cm*
84 Yvonne In The Studio St. Giles Passage, 1970, Kreide/Papier, 55×79 cm*
85 Reflected Image, 1970, Acryl/Collage/Lwd, 94×125 cm*
86 Mordechai And Mr. Vip in the Glass Saloon, 1970, Acryl/Lwd, 94×125 cm*
87 It's Not Yage, 1971, Acryl/Lwd, 155×118 cm*
88 Food For Love, 1971, Acryl/Collage/Lwd, 228×175 cm
89 Paradise Now, 1969, Gouache/Papier, 25×32,5 cm*
90 A Not Very Specific Situation, 1972, Acryl/Lwd, 155×202 cm*
91 Flashbulbs Through A Window, 1971, Acryl/Lwd, 120×172 cm*
92 Purple-Orange Flashes, 1971, Acryl/Lwd, 155×202 cm*
93 From The London Sketchbook, 1972, Tinte/Papier, 25×25 cm
94 Sketch To Food For Love, 1971, Tusche/Collage/Papier, 23×18 cm
   Comics For A Sporting Heroe, 1971, Aquarell/Collage/Papier, 23×18 cm
   Sketch To The Saloon, 1971, Aquarell/Tusche/Collage/Papier, 23×18 cm
95 The Cloudy Banquet, 1971, Acryl/Lwd, 155×202 cm*
96 Playgrounds, Study London/New York, 1973, Aquarell/Papier, 49×72 cm*
97 Playgrounds, Study London/New York, 1973, Aquarell/Papier, 49×72 cm*
98 Olympic Games, 1971, Acryl/Lwd, 202×175 cm*
99 I Like Tatlin, 1971, Acryl/Lwd, 202×155 cm
100 Hypnotic Mirror, 1971, Acryl/Lwd, 175×228 cm*
101 About Tiger Cages (Con Sou), 1971, Acryl/Lwd, 155×202 cm*
102 Paradise Now, 1969, Gouache/Papier, 25×32,5 cm*
103 It Started IV, 1971, Acryl/Lwd, 155×202 cm*
104 Colored Finger, 1973, Aquarell/Tinte/Kreide/Papier, 35×30 cm
105 Behind The Paravent, 1973, Tusche/Collage/Papier, 33,5×26,5 cm
106 Hairy Movies, 1973, Acryl/Collage/Lwd, 202×155 cm*
107 «Salve», 1973, Acryl/Lwd, 118×155 cm
108 Gnade II, A Woman, A Child, A Last Piece Of Nature, 1973, Acryl/Lwd, 118×155 cm*
109 Cut Out, 1974, Acryl/Collage/Lwd, 202×155 cm*
110 The Very One, 1973, Acryl/Collage/Lwd, 155×118 cm
111 Palms Behind The Paravent, 1973, Aquarell/Collage/Papier, 31×44 cm*
112 Phantom Limbs, 1973, Acryl/Silber/Collage/Lwd, 155×202 cm*
113 Big Vertov, 1973, Acryl/Lwd, 155×202 cm*
114 Oh Say Can You Seeeee!, 1973, Acryl/Collage/Lwd, 155×118 cm*
115 The Woodstock Wallpaper II, 1974, Acryl/Lwd, 155×202 cm
116 Look At The Apartment, 1974, Acryl/Collage/Lwd, 155×202 cm*
117 Falling, 1974, Acryl/Lwd, 155×202 cm*
118 Test, 1973, Acryl/Collage/Lwd, 118×155 cm*
119 Ready To Paint — 7 Rectangles, 2 Squares, Fixed With Black Scotch Tapes And The Idea Of Relax From Work, 1974, Acryl/Lwd, 155×202 cm

120 The Woodstock Wallpaper I, 1974, Acryl/Lwd, 155×202 cm
121 Yvonne, 1963, Farbstift/Papier, 23×23 cm*
122 Im Atelier, 1942, Bleistift/Tusche/Papier, 38×42 cm
123 Irische Schafe, 1958, Tusche/Kreide/Aquarell/Papier, 39×59 cm
124 Hund, 1958, Tusche/Kohle/Papier, 54×75 cm
125 Begegnung auf marokkanischem Boden, 1947, Bleistift/Papier, 35×27 cm
126 Sohn des Chan, Tribu der Kaschgai, 1951, Bleistift/Papier, 28×28 cm
127 Wasserträger, Studie, 1942, Kreide/Papier, 70×62 cm
128 Netzträger, Studie, 1942, Kohle/Papier, 56×62 cm
129 Mr. & Mrs. Levy, Tripolis, 1956, Farbstift/Papier, 19×28 cm
130 Marokkaner im Palais der Wache, 1947, Kreide/Papier, 19×28 cm
131 Aus den Skizzenbüchern:
    New York, 1973, Aquarell/Collage/Papier, 35×54 cm
    London, 1971, Tinte/Collage/Papier, 23×18 cm
    Stromboli, 1961, Gouache/Karton, 28×22 cm
    Stromboli, 1961, Kohle/Papier, 26×21 cm
    Irland, 1959, Kohle/Papier, 19×23 cm
    Stromboli, 1961, Kreide/Papier, 22×28 cm
    Cornwall, 1958, Kohle/Papier, 19×23 cm
    Irland, 1959, Kohle/Papier, 19×23 cm
    Stromboli, 1961, Gouache/Papier, 22×28 cm
132 Stromboli, 1960/61, Gouache/Öl/Lwd, 30×22,5 cm*
133 Stromboli, 1965, Gouache/Papier, 73×102 cm*
134 Stromboli, 1965, Gouache/Papier, 74×102 cm*
135 Stromboli, 1961, Kohle/Kreide/Papier, 38×56 cm*
136 The Lemon Center: Let Us Eat His Body Now! Beginn der Bowie-Bilder, 1973, Collage/Filzstift, 26×22,5 cm
137 US-Movie Stars Of The Fortieth, Filzstift/Farbstift/Papier, 28×23 cm
138 Vin Vaudois, Vin doré, 1942, Entwurf, Tempera/Papier, 90,5×128 cm*
139 Der Werdegang des Pro-Infirmis-Plakates
140 Pro Infirmis, 1948, Farblithographie, 90,5×128 cm*
141 Hilf den Heimatlosen, 1946, Farblithographie, 90,5×128 cm*
142 Das Plakat als Zeitspiegel, 1949, farbige Originallithographie, 90,5×128 cm*
143 Ferien, 1942, Farblithographie, 90,5×128 cm*
144 Das Plakat, Kunstgewerbemuseum Zürich, 400 neue Plakate aus 25 Ländern, 1953, farbige Originallithographie, 90,5×128 cm*
145 Für das Alter, 1945, Photochrom, 90,5×128 cm*
146 Voitech Trubka Circus Knie, 1946, farbige Originallithographie, 90,5×128 cm*
147 Zu Land und zu Wasser ein Spiegel der Heimat sein (Expo 64), 1963, Offsetdruck, 90,5×128 cm*

Buchkonzeption: Hans Falk
Grafische Gestaltung: Walter Bangerter
Verlegerische Gesamtleitung: Konrad Baumann
Fotolithos: Cliché + Litho AG, Zürich
Gesamtherstellung: Offset + Buchdruck AG, Zürich
Printed in Switzerland

Fotonachweis
Werner Erne, Aarau, sämtliche Farb- und Schwarzweiss-Reproduktionen
Kurt Wyss, Basel, Seiten 16, 17, 74, 110, 111, 112, 115, 116, 117
Georg Stärk, Zürich, Seite 2
Bettina Brunner, Zürich, Seiten 75, 113, 117
Jürg Bay, Bern, Seite 76
Hans Falk, Seite 118
Max Buchmann, Zollikon, Seite 191
Die Aufnahmen für den Schutzumschlag wurden aus dem 1965 entstandenen Film
von Dr. Guido Piderman verwendet.